以"民族底色彩"爲主

的

近代美術史潮論

日本 板垣鷹穗 著

魯迅 譯

上海 北新書局 印行

1929

序言

將從法蘭西大革命起，直到現代的歐洲近世的美術史潮，作爲全體，總括底地處理起來，是歷史學上的極有深趣——但同時也極其困難——的題目。在這短短的時期內，有着眩眼的繁複而迅速的思潮的變遷。加以關涉于這樣的創造之業的國民的種類，也繁多得很。說是歐洲的幾乎全土，全都參與了這醒目的共同事業，也可以的。于是各民族的地方色彩和時代精神的各種相，也就各各隨意地，鮮明地染出那絢爛的雜色來，所以從歷史的見地，加以處理，便覺到深的感興。但有許多困難，隨伴着這時代的處理法，大約也就爲了這緣故罷。

在總括底地處理着這時代的現象的向來的美術史中，幾乎在任何嘗試上，都可以窺見的共通的傾向，是那把握的方法，只計及于便宜本位。這不消說，從中也有關于整理史料的辦法等，有着許多可以感謝的功績的工作，然而根據了一種根本概念或原理，統一底地敍述下去的，却幾于絕無。但在最近，自從德奧的學界，通行了以「藝術意欲」爲基礎的美術史上的考察以來，近代美術的處理法，也採用着新的方法了。如勖密特的著書「現代的美術」，便是其一的顯著的示例。

這書出來的時候，我于勖密特的處理法之新，感到了興味。對于這書的內容，雖然懷着許多不滿和異議，但也起了試將這加以紹介的心思。將本書的論旨，抄譯下來，作爲那時計畫纔成的「岩波美術叢書」的一編，便出于這意思。但是，有如在那本譯書的序文上已經批評着一樣，勖密特的辦法，在將藝術意欲論，來適用于近代美術史潮的方法上，固然是巧妙的，然而對于計量各個作家的偉大和意義，我以為犯着頗大的錯誤。 太只尊重那伏流于美術思潮的底下的意欲，是一般藝術意欲論者的通弊，這一點，勖密特也一樣的。

抱着竭力補正這這樣的勖密特的著作的缺點，就用這題目，照了自己的意見，試來做過一回的希望（？）的我，二三年來，便在講義之際，也時時試選些關于這問題的題目。 這時，適值有一個美術雜誌來託做一年的連載文字了，我便想，總之，且試來寫寫如上的問題的一部分罷。 然而那時的我的心情，要對于每月的連載，送去一定分量的文稿，是不容易的。 于是回絕了雜誌那一面，而單就自己的興之所向，寫起稿來。 這一本寡陋的書的成就，大概就由于那樣的事情。

這不待言，不過是一個肄習。是割捨了許多材料，只檢取若干顯著的史實，一面加以整頓的嘗試。將無論從那一方向看，無不在極其複雜的關係上的這時代的豐富的史料，運用得十分精熟，在現今的我，是不可能的。

本書的出版，是正值困于一般經濟界的銷沈和豫約書的續出的出版界混亂時代。然而出版所大鐙閣，却將我的任性而奢侈的計畫，什麽都欣然答應了。這一節，是尤應該深謝經理田中氏的盡力的。此外，關于插圖的選擇，則感謝友人富永總一君的援助。

還有，當本書刊行之際，想到的事還多。覺得從先輩諸氏和友人諸君常常所受的援助，殊爲不少。從中，尤所難忘者，是當滯留巴黎時，兒島喜久雄氏所給與的懇切的指導。　在這里再一表我的謝意。

昭和二年秋　　　　著者記于上落合。

近代美術史潮論

本文目次

插畫目次

下端的數字，爲本文葉數，所以指示插畫之所在。

一　民族與藝術意欲

一

「藝術意欲」(Kunstwollen)這句話，在近時，成爲美術史論上的流行語了。　首先將一定的意義，給與這 Kunstwollen 而用之于歷史學上的特殊的概念者，大抵是維納系統的美術史家們。　但是，在這一派學者們所給了概念的內容上，却並無什麽一致和統一。　單是簡單地用了「藝術意欲」這句話所標示的意義內容，即各各不同。　既有以此指示據文化史而劃分的一時代的創造形式的人，也有用爲一民族所固有的表現樣式的意義的學者。　維納系統的學者們所崇仰爲他們的祖師的理克勒(Alois Riegl)，在那可尊敬的研究「後期羅馬的美術工藝」(Spätrömische Kunst-Industrie)上，爲說明一般美術史上的當時固有的歷史底使命計，曾用了藝術意欲這一個概念，來闡明後期羅馬時代所特有的造形底形式觀。又，現代的流行兒渥令該爾(Wilhelm Worringer)，則在他的主著「戈諦克形式論」(Formproblem der Gotik)中，將上面的話，用作「與造形上的創造相關的各民族的特異性」一類的意思。還有，尤其喜歡理論的游戲的若干美學者們，則將原是美術史上的概念的這句話，和哲學上的議論相聯結，造成了對于歷史上的事實的考察，毫無用處的空虛的概念。載在廸梭亞爾的美學雜誌上的巴諾夫斯奇(Panofsky)的「藝術意欲的概念」(Der Begriff des Kunstwollens)便是一個適例。但是，總而言之，倘說，在脫離了美學者所玩弄的「爲議論的議論」，將這一句話看作美術史上的特殊的概念，而推崇「藝術意欲」，作爲歷史底考察的主要標準的人們，那共通的信念，根據是在竭力要從公平的立脚點，來懂得古來的藝術底作品這一種努力上，是可以的。　他們的設計，是在根本底地脫出歷來的藝術史家們所容易陷入的缺點——即用了「永遠地妥當」的唯一的尺度，來一律地測定，估計歷代的藝術這一種獨斷——這一節。　倘要懂得「時代之所產」的藝術，原是無論如何，有用了產生這藝術的時代所通用的尺度來測定的必要的。　進了產出這樣的藝術底作品的民族和時代之中，看起來，這纔如實地懂得那特質和意義。　要公平地估計一件作品時，倘不站在產出這作品的地盤上，包在催促創造的時代的空氣裏，是不行的——他們是這樣想。　在上文所說的理克勒的主著中，對于世人一般所指爲「沒有生氣的時代的產物」，評爲「硬化了的作品」的後期羅馬時代的美術，也大加辯護，想承認其特殊的意義和價值。　想從一個基本底的前提——在藝術史底發展的過程上，是常有着連續底的發達，常行着新的東西的創造的——出發，以發見那加于沈悶的後期羅馬時代藝術上的歷史底使命。想將在過去的大有光榮的古典美術中所未見，等到後來的盛大的基督教美術，這纔開花的緊要的萌芽，從這沈悶的時代的產物裏拾取起來。想在大家以爲已經枯死了的時代中，看出有生氣的生產力。理克勒的炯眼在這里所成就的顯赫的結果，其給與于維納派學徒們的影響，非常之大。而他的後繼者之一的渥令該爾，爲闡明戈諦克美術的特質起見，又述說了北歐民族固有的歷史底使命，極爲歐洲大戰以後的，尤其是民族底自覺正在覺醒的——與其這樣說，倒不如說是愛國熱過于旺盛的——現代德國的社會所歡迎。

從推崇「藝術意欲」的這些歷史論思索起來，首先疑及的，是當評量藝術上的價值之際，迄今用慣了的「規準」的權威。是超越了時代精神，超越了民族性的絕對永久的「尺度」的存在。」歷史學上的這新學說——在外形上——是和物理學上的相對性原理相像的。在物理學上，關于物體運動的絕對底的觀測，已經無望，一切測定，都成了以一個一定的觀點爲本的「相對底」的事了，美術史上的考察也如此，也逐漸疑心到絕對不變的地位和妥當的尺度的存在。于是推崇「藝術意欲」的人們，便排除這樣的絕對底尺度的使用，而別求相對底尺度，要將各時代各民族的藝術，就各各用了那時代，那民族的尺度來測定牠。對于向來所常用的那樣，以希臘美術的尺度來量埃及美術，或從文藝復興美術的地位來考察中世美術似的「無謀」的嘗試，開手加以根本底的批評了。他們首先，來尋求在測定上必要的「相對底尺度」。要知道現所試行考察的美術，在那創造之際的時代和民族的藝術底要求。要懂得那時代，那民族所固有的藝術意欲。

這新的考察法，可以適應到什麼地步呢？又，他們所主張的嘗試，成功到什麼地步了呢？這大概是美術史方法論上極有興味的問題罷。還有，這對于以德國系美術史論上有正系的代表者之稱的威勒夫林(Heinrich Wölfflin)的「視底形式」(Sehform)爲本的學說，站在怎樣的交涉上呢，倘使加以考察，想來也可以成爲歷史哲學上的有趣的題目。關于這些歷史方法論上，歷史哲學上的問題，我雖有擬于不遠的時宜，陳述卑見的意嚮，但現在在這里沒有思索這事的餘閒，也並無這必要。在此所能下斷語者，惟自從這樣的學說，惹了一般學界的注意以來，美術史家的眼界更廣大，理解力也分明進步了。在先前只以爲或一盛世的餘光的地方，看出了新的歷史底使命。當作僅是頹廢期的現象，收拾去了的東西，却作爲新樣式的發現，而被注目了。」不但這些。無論何事，都從極端之處開頭的這一種時行的心理，驅遣了批評家，使牠便是對于野蠻人的藝術，也尊敬起來。于是黑人的彫刻，則被含着與味而考察，于東洋的美術，則呈以有如目下的褒辭。希臘和意大利文藝復興的美術，佔着研究題目的大部分的時代已經過去，關于戈諦克，巴洛克的著述多起來了。歷史家應該竭力是公平的觀察者，同時也應該竭力是溫暖的同情者，而且更應該竭力是銳利的洞察者——這幾句說舊了的言語，現在又漸漸地使美術史界覺醒起來了。

但是，我在這里搬出長的史論上的——在許多的讀者，則是極其悶氣的——說話來，自然並非因爲從此還要繼續麻煩的議論。也不是裝起了這樣的議論的傢伙，要給我的不工的敍述，以一個「確當的理由」。無非因爲選作本稿的題目的近世歐洲的美術史潮——作爲說明的手段——是要求這一種前提的。時代文化的特性和民族底的色彩，無論在那一個時期，在那里的美術，無不顯現，自不待言，但在近代歐洲的美術史潮間，則尤其顯現于濃厚而鮮明，而又深譚，複雜的姿態上。」而且爲對于這一期間的美術史潮的全景，畫了路線，理解下去起見，也有必須將這宗美術史上的基礎現象，加以注意的必要的。」

二

凡文化的諸相，大抵被裝着牠的稱爲「社會」這器皿的樣式拘束着。」形成文化史上的基調的一般社會的形態，則將那時所營的文化底創造物的大體的型模，加以統一。」縱有程度上之差，但無論是哲學，是藝術，這却一樣的。」這些文化的各各部門——不消說得——

固然照着那文化的特異性，各各自律底地，遂行着內面底的展開。」

但在別一面，也因了外面底的事情，常受着或一程度的支配。而況在美術那樣，在一般藝術中，和向外的社會生活關係特深的東西，即尤其如此。在這里，靠着本身的必然性，而內面底地，發現出自己來的力量，是有的。但同時，被統御着一般社會的大勢的基調——與其這樣說，倒不如說是更表面底的社會上的權威——所支配着的情形，卻較之別的文化爲更甚。美術家常常必需促其製作的保護者。而那保護者，則多少總立在和社會上的權威相密接的關係上。不但如此，許多時候，這保護者本身，便是在當時社會上的最高的權威。使斐提亞斯和伊克諦努斯做到派第諾神祠的莊嚴者，是雅典的政治家貝理克來斯；使密開朗改羅完成息斯丁禮堂的大作者，是英邁的敎皇求理阿二世，就像這樣，美術底創造之業的背後，是往往埋伏着保護者的。

至少，到十九世紀的初頭爲止，有這樣的事。

但從十九世紀的初頭——正確地說，則從發生于一七八九年的法蘭西大革命前後的時候起，歐洲文化的型模，突然變化起來了。從歷來總括底地支配着一般社會的權力，得了解放的文化的諸部門，都照着本身的必然性，開始自由地來營那創造之業。因爲一般文化的展開，是自律底的，美術也就從外界的權威解放出來，得行其自由的發展。

正如支配中世的文化者，是基督敎會，支配文藝復興的文化者，是商業都市一樣，對于十七世紀的文化，加以指導，催進的支配者，是各國的宮庭。

而尤是稱爲「太陽王」的路易十四世的宮庭。現在且僅以美術史的現象爲限，試來一想這樣的史上歷代的事實。中世紀的美術。在蘭斯和夏勒圖爾的伽藍就可見，是偏注于寺院建築的。

養活文藝復興的美術家們者，就像在斐連垂的美提希氏一樣，大抵是商業都市國家的富裕的豪門。十七世紀的美術家，則從環繞着西班牙，法蘭西的宮庭的貴族中，尋得他們的保護者。在路易十四世的拘束而特尙儀式的宮廷裏，則生出大擧的歷史畫和濃厚的裝飾畫來。作爲從其次的攝政期起，以至路易十五世在位中，所行的極意的放縱的官能生活的產物，則留下了美豔而輕妙的羅珂珂的藝術。大革命是卽起于其直後的。繞着布爾蓬王朝的貴族們，算是最後，從外面支配着美術界的權力，驟然消失了。以查柯賓黨員，揮其鐵腕的大闢特，則封閉了原是宮廷藝術的代表底產物的亞克特美。這一着，乃是最後的一擊，斷絕了從來的文化的呼吸之音的。

那麼，在大革命後的時代，所當從新經營的美術底創造之業，憑什麼來指導呢？從他律底的威力，解放了出來的美術家們，以什麼爲目標而開步呢？當美術底創造，得了自由的展開之際，則新來就指導者的位置的，乃是時代思想。時代思想卽成為各作家的藝術底信念，支配了創造之業了。這在統法蘭西大革命前後的時期中，首先是古典主義的藝術論。于是羅曼諦克的思想，寫實主義，印象主義，便相繼而就了指導者的位置。仰綏珊，戈庚，望訶霍，蒙克，訶特賚，瑪來斯為開祖的最近的時代思潮，要一句便能夠代表的適宜的話，是沒有的，但恐怕用「理想主義」這一語，也可以概括了罷。屬于這一時代的作家的主導傾向，在一方面，是極端地觀念主義底，而同時在他方面，則是極端地形式主義底的。

然而在這里，有難于忽視的一種極重要的特性，現于近世歐洲的美術史潮上。就是——歐洲的幾乎全土，同時都參與着這新的經營了。法蘭西，德意志，英吉利三國，是原有的，而又來了西班牙，意大利，荷蘭那樣睡在過去的光榮裏的諸邦，還要加些瑞士，瑙威，俄維斯似的新脚色。于是就生出下面那樣興味很深的現象來——領導全歐文化的時代思想，雖然只有一個，但因了各個國度，而產物的彩色，卽有不同。美術底創造的川流，都被種種的地方色，鮮明地染着色彩。時代思想的緯，和民族性的經，織出了美術史潮的華麗的文錦來。時代文化的藝術意欲，和民族固有的藝術意欲，兩相交叉。因此，凡欲考察近世的美術史潮者，卽使並非維納派的學徒，而對于以深固的藝術意欲爲本據的兩種基礎現象，却也不能不加以重視了。

三

但在大體上，形成近世歐洲美術史潮的基調者，是法蘭西。從十八世紀以來，一向支配着歐洲美術界的大勢的國民，是法蘭西人。

而這國民所稟賦的民族性底天分，　則是純造形底地來看事物的堅强的力。　便是路易十三世時，爲走避首都的繁華的活動，而永居羅馬的普珊，他的畫風雖是濃重的古典主義底色彩，但已以正視事物的寫實底的態度，爲畫家先該努力的第一義務了。　逍遙于賓蹄阿丘上，向了圍繞着他的弟子們所說的藝術的奧義，就是「寫實」。　域多的畫，是絢爛如喜劇的舞臺面的，而他的領會了風景的美麗的裝飾底效果者，是往盧森堡宮苑中寫生之賜。　表情豐富的拉圖爾的肖像，穆然沈著的夏爾檀的靜物，大闢特所喜歡的革命底的羅馬戰士，安格爾的人體的柔軟的肌膚，陀拉克羅亞的强烈的色彩，即都出于正視事物的堅强之力的。　盧梭，果爾培，穆納，順次使寫實主義愈加徹底，更不消說了。　便是那成了新的形式主義的祖師的綏珊，也就在凝視着物體的面的時候，開拓了他獨特的境地。

委實不錯，法蘭西的畫家們，是不大離開造形的問題的。為解釋「美術」這一個純造形上的問題計，他們常不拋棄造形的地位。縱使時代思潮怎樣迫脅地逞着威力，他們也忠實地守着自己的地盤。縱有怎樣地富于魅力的思想，也不能誘惑他們，使之忘却了本來的使命。經歷了幾乎三世紀之久的時期——至少，到二十世紀的初頭為止——法蘭西的美術界，所以接續掌握着連綿的一系的統治權者，就因為這國民的性向，長于造形底文化之業的緣故。

然則法蘭西以外的國民怎樣呢？尤其是常將燦爛的勳績，留在各種文化底創造的歷史上的德意志民族，是怎樣呢？承法蘭西的啟蒙運動之後，形成了十八世紀末葉以來思想界的中心底潮流的，是德意志。在藝術的分野，則巴赫以來的音樂史，也幾乎就是德意志的音樂史。南方的諸國中，雖然也間或可見劃分時代的作家，但和光怪陸離的德意志的音樂界，到底不能比並。——和這相反，在造形底的文化上，事情是全兩樣的。音樂和美術，也許帶着性格上相反的傾向的這兩種的藝術，對于涉及創造之業的國民，也站在顯然互異的關係上的罷。從北方民族中，也疊出了美術史上的偉人。望藹克兄弟，調疊爾，望萊因——只要舉這幾個氏名，大約也就夠作十分的說明了……。

遠的過去的事且放下。為使問題簡單起見，現在且將考察的範圍，只限于近代。在這里，也從北方民族裏，有時產出足以劃分時代的作家。而這些作家，還發揮着南方美術界中所决難遇見的獨自性。那裏面，且有康斯台不勒似的，做了法蘭西風景畫界的指導者的人。但是，無論如何，那些作家所有的位置，是各個底。往往被作為歐洲美術界的基調的法蘭西所牽引。北歐的美術界所站的地盤，常常是不安定的。一遇時代的潮流的强的力，便每易于搖動。（照樣的關係，翻歷史也知道。在十六世紀後半的德意志，十七世紀末的荷蘭等，南方的影響，是常阻害北方固有的發達的。）

就大概而言，北歐的民族，在造形上的創造，對于時代思潮的力，也易于感到。那性格的强率，並不像法蘭西國民一樣，在實際上和造形上的「工作」上出現，却動輒以潑剌的思想上和觀念上的「意志」照樣，留遺下來。這里是所以區分法德兩國民在美術界的一般的得失的機因。北歐民族——特是德意志民族，作為美術家，似乎太是「思想家」了。現在將問題僅限于美術一事的範圍而言——則法蘭西人在大體上，是好的、現實主義者。北歐的人們却反是，時常是不好的理想、主義者。為理想家的北歐人，是常常忠實于自己的信念的。然而往往太過于忠實。他們屢次忘却了自己是美術家，容易成爲作畫的哲學者。崇奉高遠的古典主義的凱思典斯，是全沒有做過寫生的事的。不用模特兒，只在頭裏面作畫。陶醉于羅曼諦克思想的拿撒勒派的人們，則使美術當了宗教的奴婢。喫厭了洛思庚的思想的拉斐羅前派，怪異的詩人畫家勃來克，宣講濃膩的自然神敎的勃克林——。還有在一時期間，支配了德意志畫界的許多歷史哲學者們的隊夥！

自然，生在法蘭西的作家之中，也有許多是時代的犧牲者。有如養在「中庸」的空氣中的若干俗惡的時行作家，以及將印象派的技巧，做成一個敎義，將自己驅入絕地的彩點畫家等，是從法蘭西精神所直接引導出來的惡果。同時，在北歐的人們裏，也有幾個將他們特有的觀念主義，和造形上的問題巧妙地聯結起來的作家。望訶霍的熱烈的自然讚美，蒙克的陰鬱的人生觀不消言，瑪來斯的高超的造形上的理想主義，勗溫特的可愛的童話，萊台勒的深刻的歷史畫，也無非都是只許北歐系統的畫家所獨具的才能的發露。　正如諦卡諾的色彩和拉斐羅的構圖，滿是意太利風一樣，崙勃蘭德和調壘爾的宗教底色彩，也無處不是北歐風。　北歐的人們自從作了戈諦克的彫刻以來，是稟着他們固有的長處的。　但他們的特性，却往往容易現爲他們的短處。　如近時，在時代思想之力的壓迫底的時代，則這樣的特性作爲短處而出現的時候卽更其多。　他們的堅强的觀念主義，動輒使畫家忘却了本來的使命。　就只有思想底的內容，總想破掉了造形上的形，膨張出來。　但在幸運的時候，則思想和造形也保住適宜的調和，而發現惟北歐人纔有的長處。

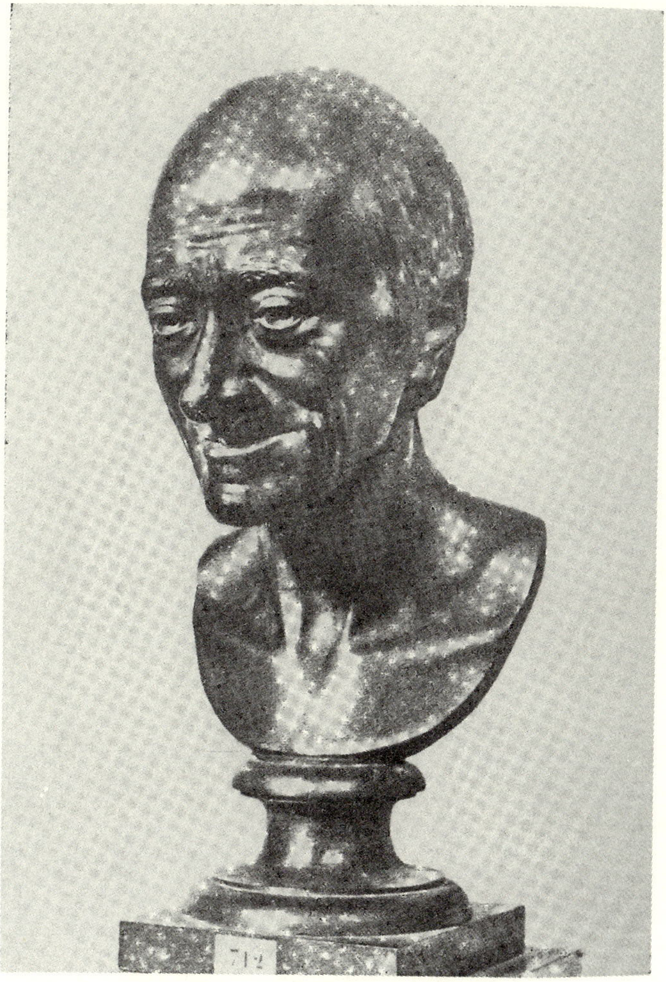

烏敦：服爾德

曼格司：神山

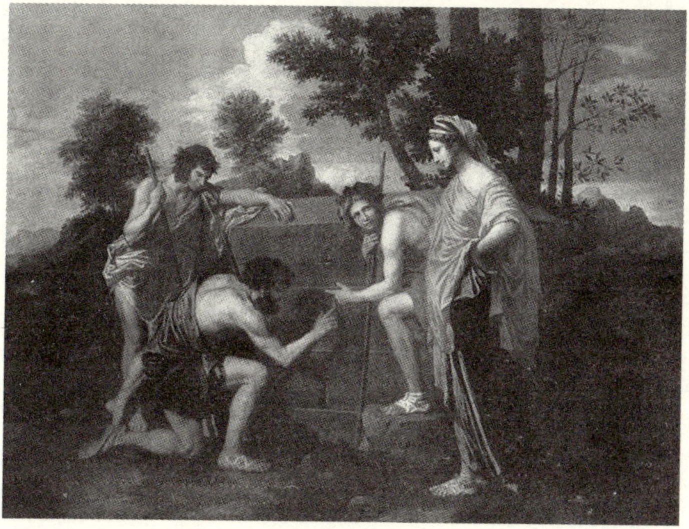

普珊：亞加遜亞的牧人

凱諾伐：沛爾修斯

蒲先：愛神

二 法蘭西大革命直前的美術界

以法蘭西大革命爲界，展布開來的近世美術史潮的最初的發現，不消說，是古典主義。在批評家有溫開勒曼（一），在革命家有大關特，在陶醉家生了凱思典斯的古典主義的滔滔的威力，風靡了美術界的情狀，且待後來再談。當本稿的開初，我所要先行一瞥的，是這樣的古典主義全盛時代的發生以前的狀態。盛于十七世紀的，以中央集權制爲基礎的絢爛的宮廷文化的背後，是逐漸凝結着令人豫感十八世紀末葉的巨變的啓蒙思想的。這啓蒙主義的思潮，出現于美術界的姿態，凡有兩樣。就是古典主義和道德主義。討論改良社

啓蒙思想和古典主義之間，是原有着深的關係的。

會的人們，就過去的歷史中，搜求他們所理想的社會的實例時，那被其選取的，大抵是古典希臘和古典羅馬。在十八世紀的啓蒙期，往昔的古典文化的時代也步步還童，成了社會改良的目標和模範。于是美術上的古典樣式，卽勢必至成爲社會一般的趣味了。畫家則于古典時代的事迹中尋題材，建築家則又來從新述說古典樣式的理論。而這時候，恰又出了一件于古典主義的藝術運動，極爲有力的偶然的事件。朋卑，赫苦拉尼謨的組織底的發掘事業就是。埋在維蘇斐阿的噴煙之下的古典時代的都市生活，從剛纔出爐的麵包起，直到家犬，從酒店妓寮起，直到富豪的邸宅，具備一切世相照樣的情狀，都被發掘出來了。舉世都睜起了好奇的眼睛。朋卑式的室內裝飾流行起來，以廢址作點綴的風景畫大被賞玩。往意太利的旅客驟然加增，講述古典時代的書籍也爲人們所爭讀了。卽此，也就不難想見那倦厭了巴洛克趣味的濃重，疲勞于羅珂珂的絢爛的人心，是怎樣熱烈地迎取了古典趣味了罷。　溫開勒曼的藝術論之風靡一世，曼格司(Raffael Mengs)和凱諾伐(Antonio Canova)的婉順的似是而非古典樣式之為世所尊，卽全是這樣的事情之賜。　在德國美術家們之間，這個向所以特為顯著者，是不難從北歐民族的特性，推察而得的。

這時候，好個法蘭西的作家們，居然並沒有忘了他們的正當的使命。　以巴黎集靈殿的建設者蜚聲的司弗羅(Jacques Germain Soufflot)，以參透了服爾德性格的胸像馳譽的烏敦(Antonio Houdon)，以嫵媚的自畫像傳名的維齊路勃蘭(Vigée-Lebrun)，雖說都是屬于似而非古典主義時代的作家，但決不如北歐的美術家們一般，具有陶醉底的婉順。他們個個都帶着「時代思想的繡像」以上的健實的。　這是當然的事，卽端莊而純正的古典主義的作家普珊，為近世美術之祖的法蘭西人的國民性，要無端爲時代思想所醉倒，是太稟着造形上的天分了。

話雖如此，對于古典主義的思想，未曾忘了本分的法蘭西國民，對于啓蒙思想的別一面——道德主義，却也不能守己了。憤怒于布爾蓬王朝特有的過度的官能生活所養成的蒲先（Francois Boucher）所畫的放浪的裸女的嬌態和茀拉戈那爾（Honoré Fragonard）所寫的淫靡的戲事，而生了極端地道德底的迪兌羅（Denis Diderot）的藝術觀。想以畫廊來做國民的修身敎育所的他，便獎勵那勸善懲惡的繪畫。成于格萊士（J. Baptiste Geruze）之筆的天眞爛漫的村女和各種諷刺底家庭風俗畫，便是這樣的藝術論的產物。而從中，如畫着父子之爭之作，也不過是小學校底訓話的插畫。在茀拉戈那爾的從鑰孔窺見房中的密事似的繪畫之後，有格萊士的道德畫，在蒲先的女子的玫瑰色的柔肌之後，有村女的晚禱，這是勢所必至的。

弗拉戈那爾：女

格萊士：新婦

荷檝斯：時式的結婚

還有，啓蒙期所特有的這樣的現象，也見于英吉利（二）。將勸善懲惡底的故事，畫成一副連作的荷槪斯（William Hogarth），是那代表者。史家是往往稱荷槪斯爲民衆藝術之祖的。但是，有一個和典型底的北歐人的這英吉利人，成爲有趣的對象的作家。帶着典型底的南歐人之血的西班牙的戈雅（F. J. de Goya）就是。作爲一種羅珂珂畫家，遺留着肖像畫的戈雅，在別方面，也是豪放的熱情的畫家。對于在决鬪和鬪牛的描寫上，挖出西班牙的世態來的他，自然並無啓蒙思想之類的影響。他但以南方風的單刀直入的率直，將浮世的爭鬪，儘量攤在畫面之上罷了。

然而也有雖然生在這樣眩目的時代，却以像個對于社會的藝術家似的無關心，而誠實地，養成了自己的個性的法蘭西作家。這就是反映着攝政期的風雅的趣味的域多（Antoin Watteau），路易十五世時代的代表底肖像畫家拉圖爾(La Tour)和呼吸那平民社會的質朴的空氣的夏爾檀(J. S. Chardin)。

城多的畫，引起人彷彿聽着摩札德的室內樂一般的心情。 在風雅而愉快的爽朗中，有輕輕的一縷哀愁流衍。 那美，就正如反覆着可憐的旋律的横笛的聲音。 知道將那時貴族社會的放縱的挑情的盛會在最好的意義上，加以美化的他，是高尚的「愛的詩人」。 手卷似的「船渡之圖」和極小幅的「羽紗」和「蘭廸斐朗」——惟這些，正是布爾蓬王朝之夢的最美的紀念。

拉圖爾是能將易于消逝的表情，捉在小幅的塑筆畫上的畫家。 當時一般的肖像畫，一律是深通變醜女爲美人的法術的幻術師，獨有他一個，却描了照樣的表情。 無論在什麼容顏上，都寫出可識的活活潑潑的個性的閃爍來。 雖然也出入于顯者之間，但未嘗墮落在廷

域多：船渡

域多：蘭迪斐朗

域多：羽紗

臣根性的阿諛裏。雖在以纖手攬了宮廷的實權，勢燄可墜飛鳥的朋波陀爾夫人之前，也隨便地自行其奇特的舉動。雖然夾在只有成衣匠一般根性的當時肖像畫家之間，而惟有拉圖爾，是畫着眞的肖像。

爲外科醫生畫了招牌，遂成出世之作的夏爾檀，是從了和當時貴族社會並無交涉的生涯的。生活在巴黎的質朴的平民之間的他，即從平民的日常生活中，發見好題目。有如豐出于十七世紀的泥兌蘭的優秀的畫家們一般，謹慎平和的日常生活的風俗畫和穆然沈著的靜物畫，是他的得意的境地。相傳眼識高明的一個亞克特美會員，曾經稱讚他的靜物畫，以爲是拂蘭特爾畫家的作品。夏爾檀的畫風，是如此其泥兌蘭式的。一面呼吸着萬事都尙奢華的空氣，而追隨在榮盛于一世紀前的鄰國的作家們之後，獨自靜靜地凝視着碟子，魚，果物的他，恰在一世紀後，又發見一個偉大的後繼者了。這人便是綏珊。

這時的情况，大體就是這樣。在這里，大概可以這樣地說罷。大革命以前的時候，指導着一般社會的思潮，是啓蒙主義的思想。以法蘭西爲中心而興起的這思潮，在法蘭西的美術界，自然也留下濃厚的痕迹的。和將起的大革命一同，這樣的傾向便更加徹底，一時也獲得畫家的支配權。但是，另外還有幾個作家，却並不爲啓蒙主義的思想底風潮所攫，而靜靜地走着藝術的本路。普珊，城多，夏爾檀——在這里，雖然隱約，却有着十七世紀以來，直至大革命止，統御着法蘭西畫界的强的力。

拉圖爾：肖像

夏尔檀：静物

三　古典主義的主導作家

如上文所述，和改良社會的呼聲一同，漸次增加其密度的美術上的古典運動，是在一七八九年的法蘭西大革命前後的時候，入了全盛期。以古典羅馬的共和政治爲模範的革命政府的方針，是照式照樣地反映着當時的美術界的。和革命政府的要人羅拔士比合着步調的美術家，是大關特。這發揮敏腕于查柯賓黨政府的大關特，其支配當時的美術界，是徹頭徹尾查柯賓風。一七九三年所決行的美術亞克特美的封閉，也有置路易十六世于斷頭臺的革命黨員的盛氣。以對于一切有力者的馬拉式的憎惡，厭惡着亞克特美的專橫的大關特，爲雪多年的怨恨計，所敢行的首先的工作，是葬送亞克特美。

因爲是這樣的始末，所以和法蘭西大革命相關連的古典主義的美術運動，一面在法蘭西的美術界留下最濃厚的痕迹，是不消說得的。然而在別一面，則古典主義的藝術運動中，還有屬于思想方面的更純粹的半面。還有無所容心于社會上的問題和事件，只是神往于古典文化的時代與其美術樣式，作爲藝術上的理想世界的思潮。還有想在實行上，將以模倣古典美術爲現代美術家的真職務的溫開勒曼式的藝術論，加以具體化的美術家們。較爲正確地說起來，也就是想做這樣的嘗試的一種氣運，支配着信奉古典主義的一切作家的創作的半面。但是，這樣的理想主義底的古典主義的流行，較之在無不實際底的法蘭西國民之間，却是北方民族間濃厚得遠。如凱思典斯的繪畫，梭爾跋勒特生的雕刻，洵開勒的建築，即都是這濃厚的理想主義的產物。

與起于法蘭西的藝術上的新運動，那動機是如此其社會運動底，實際底，而和這相對，在北歐民族之間的運動，却極端地思想底，非實際底的，從這事實來推察，一看便可以覺得要招致如下的結果來。就是，在法蘭西的藝術上的新運動，以造形上的問題而言，大概要比北歐諸國的這運動更不純，惟在北歐諸國，纔能展開純藝術底的機運罷。但事實却正相反。無處不實際底的法蘭西人，對于美術上的製作，也是無處不實際底的。縱使製作上的動機或有不純，但一擎畫筆在手，卽總不失自己是一個畫家的自覺。但北歐的作家們，則因爲那製作的動機過于純粹之故，他們忘却了自己是美術家了。僅僅拘執于作爲動機的思想底背景，而全不管實際上造形上的問題了。在這里，就自然而然地分出兩民族在美術史上的特性來。而且從這些特性，必然底地發生出來的作爲美術家的兩民族的得失，也愈加明白。　將這兩民族的特質，代表得最好的作家，是法蘭西的大闢特和什列斯威的凱思典斯，所以將這兩個作家的運命一比照，大概也就可以推見兩民族的美術史上的情況了。

a　大闢特的生涯與其事業

革命畫家大闢特（Jacque Louis David）的生涯是由布爾蓬王朝的寵兒蒲先的提攜而展開的，布爾蓬王家在美術的世界裏，也于不識不知之中，培植了滅亡自己的萌芽，眞可以說是興味很深的嘲弄。　在盧佛爾美術館，收藏大闢特的大作的一室裏，和「加冕式」和「荷拉闘斯」相雜，掛着一張令人疑爲從十八世紀的一室裏錯弄進來的小幅的人物。　然而這是毫無疑義的大闢特的畫。　是他還做維安的學生，正想往羅馬留學時候，畫成了的畫。　這題爲「瑪爾斯和密納爾跋之爭」的畫，是因爲想得羅馬獎，在一七七一年陳列于亞克特美的賽會的作品。色彩樣式，都是羅珂珂風，可以使隨便看去的人，誤爲蒲先所作的這畫，不過掙得了一個二等獎。然而作爲紀念那支配着布爾蓬王家頹廢期的畫界的蒲先和在查柯賓黨全盛期大顯威猛的大關特的奇緣之作，却是無比的重要的史料。描着這樣太平的畫的青年，要成爲那麼可怕的大人物，恐怕是誰也不能豫料的罷。在稟有鐵一般堅强的意志的大關特自己，要征服當時畫界的一點盛氣，也許是原來就有的，然而變化不常的時代史潮，却將他的運命，一直推蕩下去了。古典主義的新人，啓蒙思想的時行作家，革命政府的頭領，拿破崙一世的首座宮廷畫師——而最後，是勃呂舍勒的流謫生活。

世稱古典主義的門戶，由維安（J. M. Vien）所指示，藉大關特而開開。當羅珂珂的代表畫家蒲先，將年靑的大闢特託付維安時，是抱着許多不安的，但這老畫家的不安，卻和大闢特的羅馬留學一同成爲事實而出現了。對于在維安工作場中，進步迅速的大闢特，要達到留學羅馬的夙望，那道路是意外地艱難。賽會的羅馬獎，極不容易給與他。自尊心很强的大闢特，受不住兩次的屈辱，竟至于決心要自殺。雖然藉着朋友們的雄辯，恢復了勇氣，但對于亞克特美的深的怨恨，在他的心裏是沒有一時消散的。一七九三年的封閉亞克特美，便是對于這難忘的深恨的大膽的報復。

在一七七四年的賽會上，總算掙得羅馬獎的「司德拉忒尼克」，也依然是十八世紀趣味之作；但旅居羅馬，知道了曼格司和溫開勒曼的藝術論，又游朋卑，目覩了羅馬人的日常生活以來，全然成爲古典主義的畫家了。古典主義的外衣，便立刻做了爲征服社會之用的武器。　畫了在畢占德都門乞食的盲目的老將「培里薩留斯」，以諷刺王者的忘恩之後，又作代表羅馬人的公德的「荷拉調斯的家族」以讚美古昔的共和政治的他，已經是不可動搖的第一個時行畫家了。

「荷拉調斯的家族」是出品于第一七八五年的展覽會的。　接着，在八五年，出品了「服毒的蘇格拉第」。　而在八九年——在那大革命發生的一七八九年——則羅馬共和政治的代表者「勃魯圖斯」現。對于大闢特陳列的作品，因那時的趣味，一向是盛行議論着考古學上的正確之度的，但「勃魯圖斯」的所能喚起于世人的心中者，却只有共和政治的讚頌。　當製作這畫的時候，大闢特也並未怠慢于仔細的考古學上的準備，然而人們對于這樣的問題，已經沒有興趣了。　沒有這樣的餘裕了。　除了作爲目下的大問題，讚頌共和政治的之外，都不願意入耳。　那哭着的勃魯圖斯的女兒的鬆髮紛亂的頭，是用羅馬時代的作品巴剛式的頭，作爲模特兒的——這樣的事，已經成爲並無關係的探索了。最要緊的，只是勃魯圖斯的犧牲了私情的德行。但是，總之，投合時機的大闢特的巧妙的計算，是居然奏了功。而臨末，他便將自己投入革命家的一夥裏去了。

作爲查柯賓黨員的大闢特的活動，是很可觀的。身爲支配革命政府的大人物之一人，他的努力也向了美術界的事業。因爲對于亞克特美的難忘的怨恨，終至于將這封閉起來，也就是這時代的舉動。這時代，還舉行了若干嘗試，將他那藝術上的武器的古典主義，展向只是湊趣的空虛。但在別一面，足以辯護他是眞像法蘭西的美術家的幾種作品，却也成于這時候。如描着在維爾賽的第三階級的「宣誓式」的龐大的底稿，被殺在浴室中的「馬拉」的極意的寫實底的畫像，就都是紀念革命家的大闢特的作品，而同時也是保證他之爲美術

大闢特：宣誓式

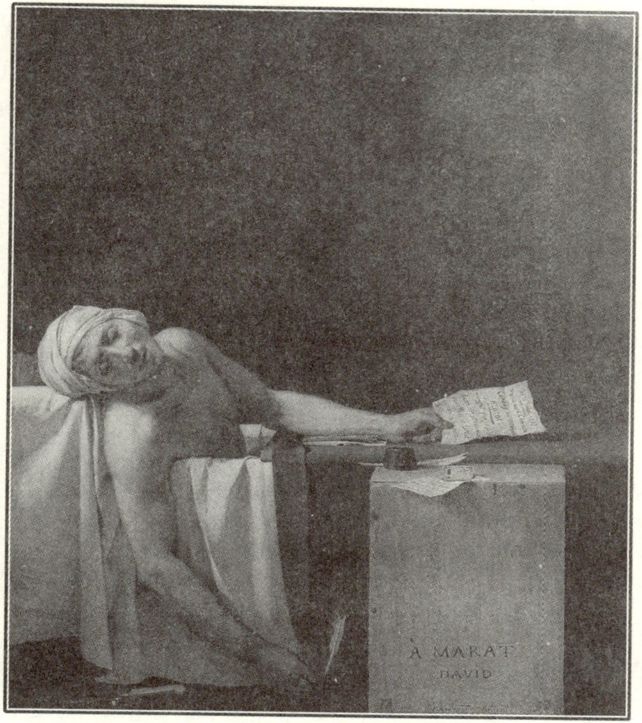

大闢特：馬拉

家的資格的史料。　和空虛的古典主義遠隔，而造端于穩固的寫實的他的性格，從這些作品上，可以看得最分明。　說到後來的製作「加冕式」時，大概還有敍述的機會罷，但雖在極其大舉的許多人集合着的構圖中，也還要試行各個人物的裸體素描的那準備的綿密，以當時的事情而論，却是很少有的。　想要歷史底地，紀念革命事業，因而經營起來的這些作品，加了或一程度的理想化，那自然是不消說，然而雖然如此，穩固的他的性格，要離開寫實底的堅實，是不肯的。

和羅拔士比一同失脚的他，幾乎送了性命。　從暫時的牢獄生活得了解放後，他便遯出了政治上的混亂的生活，成為消日月于安靜的工作場裏的人了。　在這時候，所描的大作，是「薩毘尼的女人」。當收了大效的這作品特別展覽時，在分給看客的解說中，有下面那樣的句子：——

「對于我，已經加上的，以及此後大抵未必絕迹的駁難，是在說畫中的英雄乃是裸體。然而將神明們，英雄們，和別的人物們，以裸體來表現，是容許古代美術家們的常習。畫哲人，那模樣是裸體的。搭布于肩，給以顯示性格的附屬品。畫戰士，那模樣是裸體的。戰士是頭戴胄，肩負劍，腕持盾，足穿靴。……一言以蔽之，則試作此畫的我的意嚮，是在以希臘人羅馬人來臨觀我的畫，也覺得和他們的習慣相符的正確，來描畫古代的風習。」

作爲古典主義的畫論，大衛特所懷的意嚮，實際上是並不出于這解說以上的。這樣的簡單的想法，頗招了後世的嘲笑。「大衛特所畫的裸體的人物，所以是羅馬人者，不過是仗着戴胄這一點，這纔知道的。」——由這樣的嘲笑，遂給了古典主義一個綽號，稱爲「救

大關特：薩毘尼的女人

大關特：拿破崙加冕式

火夫」。大約因爲羅馬人和救火夫，都戴着胄的緣故罷。然而正因爲大闢特的敎義，極其簡單，所以也無須怕將他的製作，從造形的問題拉開，而扯往思想底背景這方面去。招了後世的嘲笑的他的敎義的簡單，同時也是救助了做畫家的他的力量。

作爲革命家的活動既經完結，作爲宮廷畫師的生活就開始了。畫了「度越聖培那之嶮的拿破崙」，以取悅于名譽心强的偉大的科爾細加人的大闢特，是留下了一幅「加冕式」，以作紀念拿破崙一世的首座宮廷畫師時代的巨製。

因爲要紀念一八〇四年，在我后寺所舉行的皇帝拿破崙一世和皇后約瑟芬的有名的加冕式，首座宮廷畫師大闢特，便從皇帝受了製作的命令。成就了的作品，即刻送往盧佛爾，放在美術館的大廳中，以待一八〇八年的展覽會的開會。　畫幅是大得可觀，構圖是非常複雜。　畫的中央，站着身披紅絨懸衣的皇帝，舉着手，正要將冕加于跪在前面的皇后的頭上。　有榮譽的兩個貴女——羅悉福珂伯爵夫人和拉巴列忒夫人——執着皇后的懸衣的衣裾。　皇帝的背後，則坐着教皇彪思七世，在右側，是教皇特派大使加普拉拉和加兌那爾的勃拉思基以及格來細亞的一個僧正。　而環繞着這些中心人物的，是從巴黎的大僧正起，列着拿破崙的近親，外國的使臣，將軍等。

然而這大舉的儀式畫，其實却是規模極大的肖像畫。　對于畫在上面的許多人物的各個，是一一都做過綿密的準備的。　有一些人，還不得不特地往大闢特的工作場裏去寫照。　在大闢特的一生中，旋轉于他的周圍的社會之聲的喧囂的叫喚之間，他也並沒有昏眩了那冷靜的「寫實眼」。　他當這畢生的大作的製作之際，是沒有忘却畫家

大闢特：萊凱密埃夫人

的眞本分的。惟這大舉的儀式畫，是和「宣誓式」，「馬拉」，以及凱萊密埃夫人的素衣的肖像畫一同，可以滿足地辯護大闢特之爲畫家的作品。卽使有投機底的奏趣主義和空虛的古典主義的危險的誘惑，然而爲眞正的畫家，所以贈貽于後世者甚大的他的面目，是在這錘製上最能窺見的。

命令于首座宮庭畫師的他的製作，另外還有「軍旗授與式」「卽位式」和「在市廳的受任式」等。然而已告成功的，却只有成績較遜的「軍旗授與式」。此外的計劃，都和拿破崙的沒落同時消滅，成爲榮華之夢了。

百日天下之際，對布爾蓬王家明示了反抗之意的大闢特，到路易十八世一復位，便被放逐于國外了。寓居羅馬是不准的，他便選了勃呂舍勒。恰如凱旋將軍一樣，爲勃呂舍勒的市民們所迎接的他，就在這地方優游俯仰，送了安靜的餘生。對于畫家們，勃呂舍勒是成爲新的巡禮之地了，但在往訪大闢特的人們之中，就有年青的藉里珂在內。惟這在一八一二年的展覽會裏，纔爲這畫界的霸者所知的藉里珂，乃是對于古典主義首揭叛旗的熱情的畫家。

蘊在大闢特胸中的强固的良心，將他救助了。使他沒有終于成爲「時代的插畫」者，實在卽由于他的尊重寫實的性格。就因爲有這緊要的一面，他的作品所以能將深的影響，給與法蘭西的畫界的。大闢特工作場中所養成的直傳弟子格羅，卽繼承着他的宮廷畫師那一面，以古今獨步的戰爭畫家，仰爲羅曼諦克繪畫的鼻祖。照抄了大闢特的性格似的安格爾(J.G.Ingres)(三)，則使古典主義底傾向至于徹底，成了統法蘭西畫界的肉體描寫的典謨。然而這兩個偉大的後繼

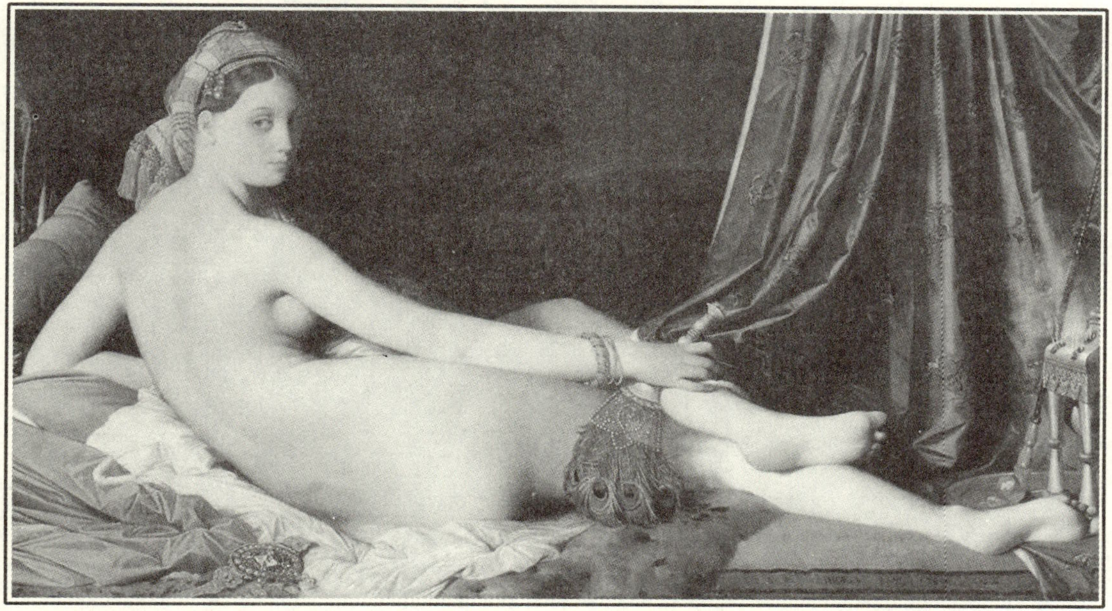

安格爾：土耳其宮人

安格爾：肖像

者，却都以寫實底表現，爲他們藝術的生命的。從拿破崙的軍隊往意大利，詳細地觀察了戰爭實狀的格羅，和雖然崇奉古典主義——以他自己的心情而言——却非常憎厭「理想化底表現的」安格爾(四)——都于此可以窺見和其師共通的法蘭西精神。只要有誰在左拉的小說「製作」裏，看見了雖是極嫌惡安格爾的亞克特美主義的綏珊，而在那堅實的肉體描寫上，却很受了牽引的那事實（？），則對于這一面的事情，便能夠十分肯定了罷。十九世紀開初的法蘭西風的古典主義運動，是怎樣性質的事，算是由代表者大闢特的考察上，推察而知大概了，那麽，這一樣的古典主義的思想，又怎地感動了北歐的作家呢？以下，且以凱思典斯爲中心，來試行這方面的考察罷。

b　凱思典斯的生涯及其歷史底使命

一七五四年，雅各亞謨司凱思典斯（Jokob Asmus Carstens）生在北海之濱的什列斯威的聖克佑干的一間磨粉廠裏了。是農夫的兒子，在附屬于什列斯威的寺院的學校裏通學的，但當休暇的時間，便總看着寺院的祭壇畫。雖然做了箍桶店的徒弟，終日揮着鐵槌，而一到所餘的夜的時間，即去練習素描，或則閱讀藝術上的書籍。尤其愛看惠勃的「繪畫美論」，而神往于身居北地者所難于想像的古典時代的藝術。一七七六年，他終于決計棄去工人生活，委身于畫術了，但不喜歡規則的修習，到一七七九年，這纔進了珂本哈干的亞克特美。然而這也不過因爲想得留學羅馬的奬金。在他那神往于斐提亞斯和拉斐羅的心中，則超越了一切的計算，幾乎盲目底地只望着理想的實現。因此，在珂本哈干，也並不看那些陳列在畫廊中的繪畫，却只親近着亞克特美所藏的古代彫刻的模造品。然而在凱思典斯的性格

凱恩典斯：比喻

上，是有一種奇異的特徵的，便是這些模造品，他也並不摹寫。但追尋着留在心中的印象，在想像中作畫，是他的通常的習慣。在遠離原作的他，那未見的莊嚴的世界，是只准在空想裏生發的。南歐的作家們，要從原作——或較爲完全的模造品——來取着實的素描，固然是做得到的，然而生在北國的凱思典斯，却只能靠了不完全的石膏像，在心中描出古典藝術的影象。不肯寫生，喜歡空想的他的性格，那由來就在生于北國的畫家所遭逢的這樣的境遇，尤在偏好親近理想和想像的世界的北方民族的國民性。所以，美術史上所有的凱思典斯的特殊的意義，單在他的藝術底才能裏面，也是看不出來的。倒不如說，却在一面爲新的藝術上的信念所領導，一面則開拓着自己的路的他那藝術的意欲這東西裏面罷。換了話說，也就是所以使凱思典斯的名聲不朽者，乃是遠遠地隱在造形底表現的背後的那理想這東西。

在珂本哈干的亞克特美裏，他的才能是很受賞識的，但因爲攻擊了關于給與羅馬獎的當局的辦法，便被斥于亞克特美，只好積一點肖像畫的潤筆，以作羅馬巡禮的旅費了。一七八三年，他終于和一個至親，徒步越過了亞勒賓。然而當寓居曼杜亞，正在熱心地臨摹着求理阿羅馬諾的時候，竟失掉了有限的旅費，于是只得連向來所神往的羅馬也不再瞻仰，回到德國去。五年之後，以寒餓無依之身，住在柏林；幸而得了那時的大臣哈涅支男爵的後援，這纔不憂生活，並且和那地方的美術界往來，終于能夠往羅馬留學。到一七九二年，凱思典斯平生的願望達到了。他伴着結爲朋友的建築家該內黎，登程向他所傾慕的羅馬去了。

然而恩惠來得太遲。在凱思典斯，已經沒有夠使這新的幸運發展起來的力量了。他將工作的範圍，只以略施陰影的輪廓的素描爲限。修習彩畫的機會，有是有的，但他並不設法。在他，對于色彩這東西的感覺，是欠缺的。不但這樣。擅長于肖像畫的他，觀察的才能雖然確有充足的天稟，但他住慣在空想的世界裏了，常恐將蘊蓄在自己構想中的幻想破壞，就雖在各個的 Akt 的練習上，也不想用模特兒。古典時代的仿造品——但其中的許多，乃只是正在使游覽跋第凱諾的現在的旅人們失望的拙劣的「工藝品」——和密開朗改羅和拉斐羅，不過單使他的心感激罷了。當一七九五年，在羅馬舉行那企圖素描的個人展覽會時，因爲分明的技巧上的缺陷，頗招了法蘭西亞克特美人員的嘲笑。凱思典斯寓居羅馬時最大之作，恐怕是取題材于訶美羅斯的人和詩的各種作品罷。但在這些只求大鋪排的效果，而將人體的正確的模樣，反很付之等閒的素描上，也不過可以窺見他的太執一了的性格。雖經哈涅支男爵的勸告，而不能離開「永遠之都」的凱思典斯，遂終爲保護者所棄，一任運命的播弄。因爲過度的努力的結果，成了肺病的他，于是締造着稱爲「黃金時代」這一幅爽朗的畫的構想，化爲異鄉之土了。

北方風的太理想主義底的古典主義，以怎樣的姿態出現，怎樣地引導了北方的美術家呢？這些事情，在上文所述的凱思典斯的生涯中，就很可以窺見。凱思典斯所尋求的世界，並非「造形這東西的世界」。在他，造形這東西的世界，無非所以把握理想的世界的不過一種手段罷了。以肉體作理想的象徵，以比喻爲最上的題材的凱思典斯的意嚮，卽都從這里出發的。尋求肉體這東西的美，並非他所經營。他所期望的，是描出以肉體爲象徵的理想。他並不爲描

梭爾跋勒特生：基督

寫那充滿畫幅的現實的姿態這、東、西、計，選取題材。他所尋求的，是表現于畫面的姿態，象徵着什麽的理想。愛用比喻的凱思典斯的意嚮，即從這里出發的。輕視着造形這、東、西、的意義的他，作爲畫家，原是不會成功的。然而那純粹的——太純粹的——藝術上的信念，却共鳴于北方美術家們的理想主義底的性向。法蘭西的畫家們，雖然蔑視他的技術的拙劣，而北方的美術家們，受他的影響却多。專描寫些素描和畫稿，便已自足的許多德意志美術家們，便是凱思典斯正系的作家。而從中，丹麥的彫刻家巴綏勒梭爾跋勒特生（Barthel Thorwaldsen），尤爲他的最優的後繼者。正如凱思典斯的喜歡輪廓的素描似的，梭爾跋勒特生所最得意者，是鐫刻摹古的浮彫；他又如凱思典斯一樣，取比喻來作材料。刻了披着古式的妥咯的冷的——然而非常有名的——基督之像者，是梭爾跋勒特生。在無力地展着兩手的基督的姿態上，那行禮于祭壇前面的祭司一般的靜穆，是有的罷。但並無濟度衆生的救世主的愛的深。——在這里，即存着古典主義時代的彫刻所共通的宿命底的性質。由北方的美術家標榜起來的古典主義的思潮，于是成爲空想底的理想主義，而且必然底地，成爲空虛的形式主義，馴致了置純造形上的問題于不顧的結果了。

四　羅曼諦克思潮和繪畫

較之古典主義的思潮，精神尤爲高邁的羅曼諦克的時代精神，將怎樣的交涉，齎給美術界了呢？　古典主義的思想，是在明白的理智之下，只幻想着理想的世界的，在這之後，以人間底感情的自由的高翔和對于超現實底的事物的熱烈的神往爲生命的羅曼諦克的精神，便覺醒了。　這新的思潮，將怎樣的影像，投在造形底文化的鏡面上了呢？　而且以法蘭西和德意志爲中心的兩種性格不同的民族的各個，既然受了這新的思潮，又顯出怎樣不同的態度呢？　代表這兩民族的美術家們，各以怎樣的方法，進這新時代去的呢？——在這里，就發見近世美術史上的興味最深的問題之一。　但是，要將近世美術史上最爲複雜的時代的當時美術界的狀態，亙全體探究起來，恐怕是不容易的。所以現在只將範圍限于極少數的作家，暫來試行考察罷。

a 藉里珂和陀拉克羅亞

「假如在法蘭西，也見有可以稱爲羅曼諦克的思潮的東西……」或者是「在維克多雩俄也得稱爲羅曼諦克的範圍內……」加上這樣的條件，以論法蘭西的羅曼諦克者，是德國美術史家的常習。這樣的思路，實在是將對于羅曼諦克思潮的法德兩國的關係，說得非常簡明的。爲什麽呢？就因爲從以極端地超現實底的神往爲根柢的德意志羅曼諦克思潮看來，法蘭西的這個，是太過于現實底的了。

在法蘭西的羅曼諦克的美術運動，是從那里發生的呢？以什麽爲發端，而達了那絢爛的發展的呢？——要以全體來回答這問題，並

格羅：茄法的黑疫病人

不是容易事。非有涉及極沈悶而廣泛的範圍的探索，大概到底不能給一個滿足的解答的罷。然而，至少，成爲在法蘭西美術史上，招致這新時代的最大原因之一者，實在是格羅（Tean Gros）的戰爭畫。隨着拿破崙的意大利遠征——雖是一個非戰鬪員——在眼前經驗了戰亂的實況的他，便成了當時最傑出的戰爭畫家了。在他，首先有大得稱譽的「茄法的黑疫病人」，及「埃羅之戰」和「亞蒲吉爾之戰」等的大作。而這些戰爭畫，則違反了以古典主義的後繼者自任的格羅的豫期——與其這樣說，倒不如說是逆了他的主意——竟使他成了羅曼諦克畫派的始祖。因爲描寫在他的戰爭畫上的傷病兵的苦痛的表情，勇猛的軍馬的熱情，新式的絢爛的色彩，東方土民的風俗——在這里，是法蘭西羅曼諦克的畫題的一切，無不準備齊全了。

反抗古典主義的傳統而起的第一個畫家，是綏阿陀爾藉里珂（Th.

Géricault)。從格羅的畫上，學得色彩底地觀看事物，且爲戰士和軍馬的畫法所刺激的他，從拿破崙的好運將終的時候起，漸惹識者的注意了。終在一八一九年的展覽會裏，陳列出「美杜薩之筏」來，爲新時代吐了萬丈的氣燄。這幅畫，是可怕的新聞記事的莊嚴化。描寫出載着觸礁的兵艦美杜薩的一部分艦員的筏，經過長久的漂泛之後，載了殘存的少數的人們，在怒濤中流蕩的模樣的。還未失盡生氣的幾個艦員，望見了遠處的船影，嘶聲求着救助。呼吸已絕的屍骸，則橫陳着裸露的肢體，一半浸在水中。如果除去了帶青的褐色的基調和肉體描寫的幾分彫刻底的堅强，已經是無可游移的羅曼諦克期的作品了。況且那構想之大膽，則又何如。在由「戰神」拿破崙的讚賞，僅將現實的世界收入畫題的當時的美術界裏，這畫的構想，委實是前代未聞的大膽的。

籍里珂：美杜薩之筏

陀拉克羅亞：但丁的小船

然而更有趣的，是藉里珂為了這繪畫，所做的準備的綿密。他不但親往病院，細看發作的痛楚和臨終的苦惱；或將死屍畫成略圖；或留存肉體的一部分，直到腐爛，以觀察其經過而已。還託乘筏生還的船匠，使作木筏的模型；又請了正患黃疸的朋友，作為模特兒；並且往亞勃爾，以研究海洋和天空；也詳細訪問遭難船舶的閱歷。後文也要敍及，和藉里珂的這樣的製作法相對，則當時德國畫家們所住的空想的世界，是多麽安閒呵！——然而藉里珂可惜竟為運命所棄了。太愛馳馬的他，終于因為先前墜馬之際所受的傷而夭死了。

但他有非常出色的——竟是勝過幾倍的——後繼者。在圭闌的工作場裏認識的陀拉克羅亞(Eugéne Delacroix)就是。稱為「羅曼諦克的獅子」的他的筆力，正如左拉的評語一樣，實在是很、出、色、的。「怎樣的腕力呵。如果一任他，就會用顏料塗遍了全巴黎的牆壁的罷。他的調色版，是沸騰着的……。」

在兒童時候，就遭了好幾回幾乎失掉性命的事的他，是為了製作欲，辛苦着羸弱的身體，工作了一生世。也不想教養學生，也不起統御流派的興味，就是獨自一個，埋頭于製作，將生涯在激烈的爭鬪裏度盡了。和羅曼諦克的文學思想共鳴頗深的他的性格，在畫題的採取和表現的方法上，都濃厚地反映着。不但這樣，直到他的態度為止——陀拉克羅亞的一切，實在是「羅曼諦克的獅子」似的。尋求着偉大的，熱情底的，英雄底的東西，以涵養大排場的構想的陀拉克羅亞，是常喜歡大規模的事業的。先從慢慢地安排構想起，于是屢次試行綿密的練習。而最後，則以猛烈之勢，徑向畫布上。在極少的夜餐和因熱中而不安的睡眠之後，每日反覆着這樣的努力。到疲乏不堪的時候，畫就成功了。只要一聽那大作「希阿的屠殺」

畫成只費四天的話，則製作的猛烈之度，也就可以窺見了罷。

世稱這「羅曼諦克的獅子」，爲盧本斯的再生。具有多方面底的才能的他，卽以一個人，肩着法蘭西羅曼諦克的畫派。色彩的強調，熱情的表現，東洋風物的描寫，敍事詩的造形化——他以一人之力，將法蘭西羅曼諦克美術的要求，全部塡滿了。相傳陀拉克羅亞的經營構圖，是先只從安排色彩開手的，到後來，便日見其增強了色彩的威力。凡有在他旅行亞爾藉利亞時所得的最美的作品「亞爾藉利亞的女人」之前，雖是盤桓過極少時間的人，怕也畢生忘不了這畫的色彩的魅力罷。「暫時經過了暗澹的廊下，纔進婦女室。在綢緞和黃金的交錯中，出現的婦孺的新鮮的顏色和活潑潑的光，覺得眼睛爲之昏眩……」這是陀拉克羅亞自己在書簡中所說的，但「亞爾藉里亞的女人」，大概可以說，是將這秘密境的蠱惑底的魅力，描得最美的了。

從陳列于一八二二年的展覽會的出世之作「在地獄中的但丁和維爾吉勒」起——雖然色彩是暗的——已經明示着陀拉克羅亞的性格。在濃重的，鬱悶的，呼吸艱難的氛圍氣裏，那地獄的海，漾着不吉的波。罪人們的赤裸的身軀，在其間宛轉，痙攣，展伸。也有因苦而喘，因怒而狂，一面咬住船邊的妄者……。是具有和藉里珂的後繼者相當的風格的畫。這纔在「美杜薩之筏」的寫實味上，加添了像個羅曼諦克的超現實底的深刻了。窮苦的陀拉克羅亞，是將這畫嵌了一個簡質的木匡去陳列的，看透了他的異常的才能的格羅，便用自費給換了像樣的匡子。

其次的大作，是威壓了一八二四年的展覽會，而成爲對于古典派的挑戰書的「希阿的屠殺」。支配着當時全歐的人心的近東問題，

藉里珂：騎士

藉里珂：希阿的屠殺

陀拉克羅亞：亞爾藉利亞的女人

是摯愛希臘的熱情詩人裴倫的參戰，成爲直接的刺戟，而將這畫的構想，給與陀拉克羅亞的。是使人覺得土耳其兵的殘虐和希臘民族的悲慘的情形，都迫于眉睫之前的畫。將繫年青婦女的頭髮于馬上，牽曳着走的土耳其兵，和一半失神，而委身于異教徒的暴虐的希臘的人們，大大地畫作前景；將屠殺和放火的混亂的情形，隱約地畫作背景的這畫，連對他素有好意的格羅，也因而忿忿了。「這是繪畫的屠殺呵。」(C'est le massacre de la peinture) 雖是那戰爭畫的始祖，也這樣叫了起來。這畫給與法蘭西畫界的刺戟，就有這樣大。因爲這一年的展覽會裏，還陳列着古典派的名人安格爾所畫的，極意亞克特美式的——全然拉斐羅式的——「路易十三世的訴願」，所以陀拉克羅亞在「希阿的屠殺」上所嘗試的意嚮的大膽，便顯得更分明。使法蘭西的畫界，都捲入劇烈的爭鬬裏去的古典派和羅曼諦克派的對抗的情形，竟具體化在陳列于二四年展覽會的兩派的驍將的作品上，也是興味很深的事。惟這畫，實在便是羅曼諦克派對于安格爾一派古典主義者的哀的美敦書。

因爲這畫買到盧森堡去的結果，陀拉克羅亞也能够往訪傾慕的國度英吉利了。于是纔開手從司各得，沙士比亞，裴倫這些人的文學裏，來尋覓題材。其中的最顯著的，是從裴倫的詩而想起的——然而畫了和詩的內容兩樣的情節的——「薩達那波勒」。亞述王薩達那波勒，當巴比倫陷落之際，積起柴薪來，上置美麗的牀，躺着。而且吩咐奴隸們，將他生前所寵愛的一切的東西——從女人們起，直到乘馬和愛犬——都在眼前刺殺。畫是極其盧本斯式的，然而不免有幾分混沌之感，色彩的用法，也到處總覺得有些稀薄。而這畫之後，是那傑出的「一八三〇年七月二八日」出現了。是描寫七月革

陀拉克羅亞：十字軍入康士坦丁堡

陀拉克羅亞：一八三〇年

命的巷戰之作。 手揮三色旗的半裸體的肉感底的女人站在前面。這是「自由」的女神。 拿着手鎗，戴着便帽的孩子，和戴了絹帽，捏着劍鎗的男人，跟在那後面。 這是用日常的服裝，來描當時的事件最初的畫。 這畫之後，接着是上文說過的——恐怕是他手筆中最美的——「亞爾藉利亞的女人」；接着是東方的風俗畫和許多狩獵畫；最後，就接着極出色的「十字軍入康士坦丁堡」。 描在這畫的前景裏的裸體女人的背上的色彩，曾經刺戟了印象派的作家，是有名的話。 從格羅以來的以東方風物作藻飾的戰爭畫，到這一幅，遂達了純化已極的終局的完成。 帶青色的那色調的強有力，恐怕未必會有從觀者的記憶上消掉的時候罷。

能如陀拉克羅亞的畫那樣，造形上的形式和含蓄于內的構想底內容，都個性底地統一着，並且互相映發着的時會——尤其在羅曼諦克期——是很少的。許多羅曼諦克畫家——雖在法蘭西那樣尊重造形底表現的國民中，也所不免——都陷于所謂「文學底表現」的邪道，以徒欲單是着重于題材底的要素的結果，勢必至于在繪畫上，大抵閑却了造形底的要素了，對于他們，惟有陀拉克羅亞，却是徹頭徹尾，正經的「畫家」。不束縛于敎義，不標榜着流派的他，是只使那泉湧一般豐饒的羅曼諦克底熱情，僅發露于純粹、地、造、形、底、的、東、西、的形式上的。以稟着那樣的文學底筆力和豐富的趣味的他，而不談敎義，也不耽趣味，但一任畫家模樣的本能之力，來統御自己的事，在羅曼諦克的時代，是極爲稀有的現象。但是，羅曼諦克的繪畫——倘要走造形美術的正道——是不可不以這樣的稀有的大作家爲指導者的。雖在法蘭西，陀拉克羅亞也還是孤獨的畫家。因爲如布朗藉那樣，以畫家而論，並無價値，然而在文學者之間，却是有名的作家，以及大受俗衆賞識的陀拉羅修等輩，都正在時髦的緣故。 但在德國，則這文學偏重和思想偏重之弊，可更甚了。

b 德意志羅曼諦克和珂內留斯

德意志羅曼諦克的美術運動，那出發點，是也站在純粹地「造形藝術底」的正路上的。 神往于古典主義的，卽遙遠的——而且民族不同的——異鄉的心，現今是要反省自己的歷史了。 對于惟獨確爲自己們的民族所有的可以懷念的過去，那新的追憶，覺醒起來了。于是潔于眞實和信仰的gute, alte Zeit——可念的往昔——的記憶，便充滿了人們的心。 從古典主義的理性底啓蒙，向羅曼諦克的感情底靈感——在這里，被發見了可以指導新時代的藝術的機因。

羅曼諦克思潮的先導者，是文學者和批評家。 城干羅達（Wackenroder）和悌克（Tieck），首先發覺了對于古典文化的時代，祖國的往昔也應給同等地估價。不復因爲沒有希臘那樣的神祠，來罵祖國的中世紀，却在中世紀的美術裏，也看見了和在希臘的一樣，尊嚴的神的發現了。而且還要從藝術上，去尋求精神之美，眞實之深，信仰之高。以藝術的觀照，比較祈禱，而終至于惟獨崇拜了眞是基督教底的藝術。

他們兩人，同作德意志的國內巡遊，很爲戈諦克的寺院和調壘爾的繪畫所感動。域干羅達之作「愛藝術的修士抒懷錄」（Herzensergiessungen eines kunstliebenden Klosterbruders），便是這一時代的好記念。繼他們之後者，有昻萊該勒兄弟（Friedrich Schlegel, Augst Wilhelm Schlegel）。弗里特力昻萊該勒寓居巴黎，考察了聚在那里的歷代的大作，而將成果登在報章「歐羅巴」上。奧古斯忒威廉則在那講義上，和古典主

弗里特力：山上的十字架

義的形式主義戰鬪。

這些文學批評家的言論，很給了年青美術家不少的影響。他們要從古典模仿的傳統脫離，以虔敬的心，更來熟視自然的姿態了。凱思巴爾弗里特力(Kaspar Friedrich)和菲立普渥多崙該(Philipp Otto Runge)，便是那代表者……。然而不多久，從發心純粹的動機中，竟强暴地萌生了濃厚的敎義，初興的新鮮的藝術運動，頃刻間變爲沈悶的尙古主義了。而這全然硬化了的羅曼諦克的代表作家，是彼得珂內留斯。

彼得珂內留斯(Peter Cornelius)是生于狄賽陀夫的畫師的家裏的，年十三，便已進了那地方的亞克特美。從年靑時候起，就有取古來的大家，加以折衷模仿的嗜好了。使德國的美術界，好容易這纔萌發出來的潑剌的自然觀的萌芽，盡歸枯槁者，其實便是珂內留斯。他不但模仿德意志國粹的大作家調壘爾而已，還從十五世紀意太利的美術家們起，到拉斐羅，密開朗改羅——不但這些，其實是——古典美術止，一切樣式，都想收納。分明地可以看取這種傾向之作，是在調壘爾心醉時代所試作的，題爲一瞿提的法司德一的素描的一套。人物的服飾，都是調壘爾式的循規蹈矩。本來描于素描的他，就用古風來描出彎彎曲曲的線，人物的樣子，也故意擬古，畫得頗細長。在這里，可以窺見德意志的古畫以及意太利文藝復興初期的畫風的消化未盡的模仿。

一八一一年，珂內留斯赴羅馬。這地方，是已經有阿跋爾勃克(Overbeck)及其他拿撒勒派(Nazarener)的畫家們，聚在聖伊希特羅寺，度着修士似的生活的。當這時，在賓謫阿丘上的巴多爾毌氏，便爲

阿歐爾勃克：波通克拉禮拜堂

珂內留斯：最後的審判

茀羅曼坦：鷹獵

這一派的畫家們開放邸第，使他們作壁畫。樂得描寫生地壁畫的機會的他們，便從約瑟的生涯裏選取題材，試行合作。這畫現今保存在柏林的國民美術館，但是熟悉于意太利的壁畫的人們，和這幼稚的壁畫相對，怕要很喫一驚的罷。將童話的插圖照樣擴大而作壁畫一般的筆法和生澀的拙劣的彩色！委實是鄉下人似的笨相。然而好事的羅馬人，却將便宜地成功的壁畫，視同至寶了。穆希密氏也招致他們，使在苑亭的三室裏，描寫生地壁畫。他們即從意太利的大詩人但丁，亞理阿斯多，達梭等選定題材，安排在三室裏。勗諾爾(Schrorr)從亞理阿斯多的「羅蘭特」，阿跋爾勃克和斐力錫(Fuhrich)從達梭的「得了自由的耶路撒冷」裏，採取題材。珂內留斯是從但丁的「神曲」中取了畫題，開手製作了的，但自從他離開羅馬以後，便由範德(Veit)續作，最後，是珂霍(Koch)將這完成了。

一八二一年以來，應普魯士政府之招，做着狄賽陀夫的亞克特美長官的珂內留斯，屬望于巴倫的名王路特惠錫所治的繇興市了。他爲了這美術之都，所做的最初的製作，是在收藏古典美術的石刻館的天井上，繪畫希臘的神話和英雄譚。然而囑咐給他的題目，較之裝飾底，却是重在哲學底的。要排列普羅美調斯和愛羅斯；時間和空間，四季，朝夕的象徵；天界，水界，冥界及其他英雄們。必須以赫拉克來斯表人德，阿爾茀阿斯表愛，亞理恩表神惠。而且還有託羅亞之戰……。因爲囑託的主旨，並非求裝飾的效果，而在深刻的意義的象徵，所以珂內留斯用了本色的——德意志風的——堅定，也就能夠辦妥了。

暫時在國內的各處，經營製作之後，他已離了狄賽陀夫的教職，定居繇興市。這時得了裝飾繪畫館的長廊的委託，然而他的抱負，

珂內留斯：巴多爾兌的壁畫

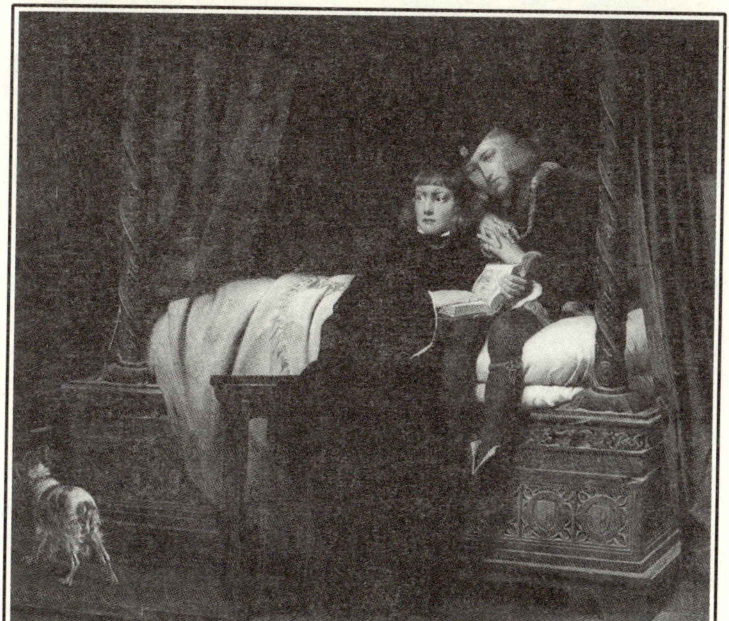

陀拉羅修：愛德華四世的兩王子

是在勝過拉斐羅的畫廊（敎皇宮內）。 但決不是在那成績上——因爲他以爲僅作此想，也便是瀆神之罪的——。 倒是想以思想上的結構來取勝。 是用思想的深邃，來克服描寫的技巧的—— 誠然像個德意志人的手段。 然而那結果，却不過表示了裝飾法的拙劣和色彩的缺陷罷了。

其次的工作，是路特惠錫寺的生地壁畫。 在「審判」圖上，珂內留斯的計畫，是在「訂正」那息斯丁禮堂的密開朗改羅。 將密開朗改羅的粗暴，柔以拉斐羅的優美，將密開朗改羅的壯偉的人物，改成調壘爾和希綈萊黎那樣的枯瘠的風姿—— 這些是他的主意。 單是企圖素描，是巧妙地成功了。 然而也不顧技巧之拙，居然描畫了的生地壁畫，却雖在已經褪色的現在，也還是不堪。

一八四一年，珂內留斯因爲拙于設色，爲路特惠錫二世所厭，于是到了柏林。在這地方，他的「蠻勇」，還是使人們咋舌，但是給訶羿卓倫氏墓上所計畫的構想，却恢復了他已玷的名聲。描寫和他的性情最爲相宜的「觀念畫」的機會，終于來到了。在這里，神學，哲學，演劇，美術，都保持着調和。「死是罪孽的報應，然而神的惠賜，是永遠的生」那幾句，是這所畫的說敎的題目。在這畫的非常的大鋪排，而且煩瑣的構想之中，最奪目，也最有名的，是「默示錄的騎士」。雖然也使人記起調壘爾所作的題目相同的木版畫來，而這珂內留斯之作，却陰森而强烈得遠。使人類滅亡的四物——戰爭，瘟疫，饑饉，死亡——在震慴的人們之上，暴風雨一般地馳驅。凡有在柏林的國民美術館的階梯的壁上，看見和德國最大的歷史畫家萊台勒的素描並揭着的這畫的龐大的素描者，恐怕就非將對于珂內留斯的酷評取消不可罷。將墓上的壁畫，中止實施的時候，珂內留斯

珂內留斯：默示錄的騎士

的失望是很大的。但是，惟這不幸，于他却反而是天惠。爲什麽呢？因爲幸而在未然之前，將曝露彩色上的缺陷，使辛勤的構想也因而前功盡棄的危險，豫先防止了。惟在這里，他可以永遠保存無玷的榮譽。這勤勉而長久的一生中的最後的大作——且是和他的天分最爲相宜的大作——，以最爲有利的狀態——只是畫稿——，遺留下來的事，大約是誰也不能因此沒有幾分感慨的罷。彷彿神也哀憐了這沒有運氣的忠僕似的。

陀拉克羅亞和珂內留斯——這是怎樣神奇的對照呵。將蓄積在法蘭西文化的傳統中的一切優秀的技巧，加以驅使，而創造了純粹造形底的，那出、色、的宇宙——在那裏面，是永遠旋轉着美而有力的色彩和一切人間底的熱情——的陀拉克羅亞，和北歐的鄉下人一般的無骨力，全然缺着做畫家的天分，却只蟄居于隱在想錯了的構想之中的哲學底的觀念世界裏的珂內留斯。我們試一想像這在最大限度上，傾向不同的兩個大人物，在南北兩方，同時——而且被同一的思潮引導着——盛行活動的模樣，實在是興味很深的。陀拉克羅亞雖于大規模的壁畫，也寧可犧牲了裝飾底效果，描作油畫風。珂內留斯則便是描在畫布上的油畫，也總想顯出生地壁畫之感。陀拉克羅亞的沈潛于作爲畫家的技巧，珂內留斯的夢想着理想的實現，是竟至于如此之甚的。倘將他們兩，從「偉大」這一點上比較起來，那無須說，陀拉克羅亞要高到不能比擬。（不獨以作爲畫家而論，只要一讀他所遺留下來的日記和評論，便知道雖在一般底教養上，也是一個傑出的人物。）然而，雖然如此，這兩個作家，在比較法德兩國羅曼諦克思想的造形底表現時，是可以用作最適當的材料的罷。

◎異鄉情調和故事

但是，爲使法德兩國對于羅曼諦克的關係較爲分明起見，我還要關于兩個可愛的作家，來費去一些話。這便是受了陀拉克羅亞的影響的裹綏里阿和珂內留斯的弟子昻溫特。

綏阿陀爾裹綏里阿(Theodore Chaseriau)者，在那血液中，就已經稟着懷慕異鄉的心情的。當初，是安格爾的大弟子，曾受很大的屬望和信賴，然而裹綏里阿的心，却漸漸和這古典主義的收功者離開了。而且又恰與帶着正反對的傾向的——，在安格爾，是最大仇敵的——陀拉克羅亞相接近。生來就已繼承着的異鄉土底的性格，漸次支配了他的藝術了。戈恬許爲「印度女子似的」的「藹司台爾」，誠然是有着東洋底的肉體的女人。由印象深的——在裹綏里阿畫裏所獨有的——大的眼睛而生色的那面貌，和微瘦，但却極有魅力的肉體，都穠郁地騰着十分洗練的異鄉情調的香。是象牙一般皮膚的女人所特有的，神奇地蠱惑底的印象。法蘭西畫家的異鄉趣味，是始于格羅和羅培爾（Leopold Robert），通俗化于陀康（Decamps），白熱化于陀拉克羅亞，而陳腐于茀羅曼坦（Fromentin）的。這，羅曼諦克美術的顯著的傾向之一，由受了陀拉克羅亞的感化的裏綏里阿來完成，正是很自然的事。

摩理支望昂溫特（Moritz von Schwind）是綿與時代的珂內留斯引導出來的。然而師弟的性格完全兩樣。和尊大而沈悶的珂內留斯相反，昂溫特是又飄逸，又澄明。帶着北方氣的——然而用維納的空氣來洗練過了的——高雅的詼諧和快活的開朗的昂溫特，令人記起格林的童話，烏蘭特的俗歌，亞罕陀夫的故事和摩札德的歌劇來。凡

襄綏里阿：藹司台爾

哥濃特：競唱

有在縣與的雪克畫館所藏的許多小匡上，看見德意志風的傳說的世界的人，大概總感到雪夜在鑪邊聽講童話一般的想念罷。「被捕的王女」，「三個隱者」，「妖精的舞蹈」，「魔王」，「神奇的角笛」，「林中的禮拜堂」……好像是得了美裝的童話本子的孩子，開手來翻之際的的心情。　從描着「七匹烏鴉」的一套水彩畫起，至飾着瓦爾特堡城內的歌廳的壁畫「競唱」止——不但這一些，至于平常的風俗畫「新婚旅行」和「早晨的室內」，也無不沁着幽婉的德意志羅曼謠克的空氣的。　在珂內留斯以駭人的喧嚷的大聲說教的旁邊，有一個低聲喁喁地給聽故事的勗溫特，在德意志的畫界，確是可貴的慰藉。（關于勗溫特的朋友力錫泰爾，後來也許要講起的。）　襄綏里阿和勗溫特——在這里，也可以窺見法德兩國趣味的不同。

五 歷史底興味和藝術

a 歷史畫家

法蘭西的歷史畫的始祖，是讚誦「現代的英雄」的格羅。自己隨着拿破崙的軍隊，實驗了戰爭的情形，在格羅，是極其有益的事。然而，自從畫了「在亞爾科的拿破崙」，為這偉大的「名心的化身」所賞的他，要而言之，終究不脫御用畫家的運命。尤其是，因為拿破崙自己的主意，是在經畫家之手，將本身的風采加以英雄化，藉此來作維持人望的手段的，故格羅製作中，也勢必至于墮落到廷臣的阿諛裏面去。其實，如「耶羅之戰」，原是拿破崙先自定了讚美自己的德行的主旨，卽以這為題目，來開賽會的。自從以「茄法的黑疫病人」爲峻絕的格羅的製作以來，逐年失去活潑的生氣，終至在「路易十八世的神化」那些上，暴露了可笑的空虛；而自沈于賽因河的支流的他，說起來，也是時代的可憐的犧牲者。 但是，以御用畫家終身的他的才能的別一面，卻有出色的歷史畫家的要素的。 如一八一二年所畫的「法蘭卓一世和查理五世的聖安敦寺訪問」，便是可以代表那見棄的他的半面的作品。

承格羅之後，成了歷史畫家的，是和陀拉克羅亞同時的保羅陀拉羅修 (Paul Delaroche)。 然而陀拉羅修也竟以皮相底的社會生活的寵兒沒世。 呼吸着中庸的軟弱的空氣，只要能惹俗人的便宜的感興，就滿足了。 一面在「以利沙白的臨終」和「基士公的殺害」上，顯示着相當出色的才能，而又畫出聽到刺客的臨近，互相擁抱的可憐的「愛德華四世的兩王子」那樣，喜歡弄一點慘然的演劇心緒的他，是欠缺着畫界的大人物的强有力的素質的。在這時代的法蘭西，其實除了唯一的陀拉克羅亞，則描寫像樣的歷史畫的人，一個也沒有。

然則德意志人怎樣呢？在思想底的深，動輒成爲造形上的淺，而發露出來的他們，歷史畫——作爲理想畫的一種——應該是最相宜的題目。惟在歷史畫，應該充足地發揮出他們的個性來。果然，德意志是，在歷史畫家裏面，發見了作爲這國民的光彩的一個作家了。生在和凱爾大帝因緣很深的亞罕的亞勒茀來特萊台勒（Alfred Rethel）就是。

是早熟的少年，早就和狄賽陀夫的畫界相接觸了的萊台勒，有着和當時的年靑美術家們不同的一種特性。這便是他雖在從歷史和敘事詩的大鋪排的場面中，採取題材之際，也有識別那適宜于造形上的表現與否的銳敏的能力。惟這能力，在歷史畫家是必要的條件，而歷來的德國畫家，却沒有一個曾經有過的。惟有他，實在是天生的歷史畫家。在狄賽陀夫時代，引起他許多注意的古來的作家，是調壘爾和別的德意志文藝復興時代的畫家們的事，也必須切記的。

對于他的歷史畫，作爲最重要的基礎的，是強有力的寫實底堅實和高超的理想化底表現的優良的結合。立在這堅實的地盤上，萊台勒所作的歷史畫的數目，非常之多。而其中的最惹興味者，大概是敍班尼拔爾越亞勒普山的一套木版畫的畫稿和裝飾着亞罕的議事堂的「凱爾大帝的生涯」罷。此外還有一種——這雖然並非歷史畫——可以稱爲荷勒巴因的復生的，象徵着「死」的一套木版畫。

當在亞罕的議事堂裏，描寫畢生的大作之前，爲確實地學得生地壁畫的技術起見，曾經特往意太利旅行，從敎皇宮的拉斐羅尤其得到感印。然而萊台勒所發見的拉斐羅的魅力，並非——像平常的人們

萊台勒：班尼拔爾

所感到的那樣——那「穩當」和「柔和」。却是強有力的「偉大」。從十五世紀以來的作家們都故意不看的這萊台勒的眞意，是不難窺測的。大概就因爲做歷史畫家的本能極銳的他，覺得惟有十六世紀初頭的偉岸底的樣式，能給他做好的導引的緣故罷。

在一八四〇年的賽會上，以全場一致，舉爲第一的萊台勒的心，充滿了幸福的期待。然而開手作工是一八四六年，還是經過種種的頓挫之後，靠着菲里特力威廉四世的勅令的。他親自所能完功的壁畫，是「在凱爾大帝墓中的渥多三世」，「伊爾明柱的墜落」，「和薩拉閃在科爾陀跋之戰」，「波比亞的略取」這四面。開了凱爾大帝墳的渥多三世，和拿着火把的從者同下墓室，跪在活着一般高居寶座的偉大的先進者的面前。是將使人毛豎的陰慘，和使人自然俯首的神嚴，神異地交錯調和着的驚人的構想。不是萊台勒，還有誰來捉住這樣的神奇的設想呢。 德意志畫家的對于觀念底的東西，可驚異底東西的獨特的把握力，恰與題材相調和，能够幸運如此畫者，恐怕另外也未必有罷。 惟獨在戲劇作家有海培耳，歌劇作家有跋格那的國民，也能于畫家有萊台勒。 爲發生偉岸底的效果計，則制馭色彩，爲增强性格計，則將輪廓的描線加剛——在這里，卽有着他的技術的巧妙。

但在這大作裏，也就隱伏着冷酷的徵兆，來奪去他的幸運了。貪得看客的徵賫的當局，便容許他們入場，一任在正値工作的萊台勒的身邊，低語着任意的評論。 因此始終煩惱着萊台勒的易感的心。有時還不禁猛烈的憤怒。 臨末，則重病襲來，將製作從他的手裏搶去了。 承他之後，繼續工作的弟子開倫之作，是拙稚到不能比較。而且這是怎麽一回事呢？ 心愛開倫之作的柔媚的當局，竟想連萊台

萊台勒：在凱爾大帝墓中的渥多二世

勒之作，也敎他改畫。但因爲弟子的謙讓，總算好容易將這不能挽救的冒瀆防止了。

「死的舞蹈」是其後的作品。畫出顯着骸骨模樣的荷勒巴因式的「死」來。「死」煽動市民，使起暴動；成爲霍亂，在巴黎的化裝跳舞場上出現。在化裝未卸的死屍和拿着樂器正在逃走的樂師們之間，「死」拉着胡琴。然而「死」也現爲好朋友。來訪寺裏的高峻的鐘樓，使年老的守者，休息在平安的長眠裏。在夕陽的平穩的光的照入之中，靠着椅子，守者靜靜地死去了，爲替他做完晚工起見，「死」在旁邊拉了繩索，撞着鐘。——但「死」竟也就開始伸手到作者的運命上去了。娶了新妻，一時彷彿見得收回了幸福似的萊台勒，心爲妻的發病所苦，又失了健康。病後，夫妻同赴意太利，但不久，他便發狂，送回來了。將吉陀萊尼的明朗的「曙神」，另畫作又硬又粗的素描的，便是出于他的不自由之手的最後的作品。失了明朗的萊台勒的精神，還得在顚狂院中，度過六年的暗澹的長日月。「作爲朋友的死」，來訪得他太晚了。

b　藝術上的新機運和彫刻

彫刻史上的羅曼諦克時代的新運動，無非是要從硬化了的不通血氣的古典主義的束縛中，來竭力解放自己的努力。凡彫刻，在那造形底特質上，古典樣式的模倣的事，原是較之繪畫，更爲壓迫底地掣肘着作家的表現的，所以要從梭爾跋勒特生的傳統，全然脫離，決不是容易事。因此，在這一時代所製作的作品上——卽使是極爲進取底的——總不免有些地方顯出中途半道的生硬之感。假如，要設計一個有戰績的將軍的紀念像時，倘只是穿着制服的形狀，從當時的人

萊台勒：作爲朋友的「死」

萊尼：曙神

萊亽勒：曙神的摹本

想來，是總覺得似乎有些欠缺輪廓——以及影像——的明晰之度的。于是大抵在制服上，被以外套，而這外套上，則加上古代的妥喀一般的皺襞——因爲先是這樣的拘執的情形，所以沒有發生在繪畫上那樣的自由奔放的新樣式。然而在和當時的歷史底興味有着密切的關係的製作中，却也有若干可以注目的作品。而且在當時盛行活動的作家裏面，也看出兩三個具有特質的人物來。其中的最爲顯著的，恐怕是要算法蘭西的柳特和德意志的勞孚丁罷。

法蘭卓柳特（François Rude）是拿破崙的崇拜者。也曾和百日天下之際的紛紜相關，一時逃到勃呂舍勒去；也曾和同好之士協力，作了稱爲「拿破崙的復生」這奇異的石碑。他的長于羅曼諦克似的熱情的表現，就是到這樣。有名的「馬爾賽斯」的羣像和「南伊將軍」的紀念碑等，在柳特，都是最爲得心應手的題材。

裝飾着霞勒格蘭所設計的拿破崙凱旋門（l'are de l'Etoire）的一部的「馬爾賽斯」的羣像，是顯示着爲大聲呼號的自由女神所帶領，老少各樣的義勇兵們執兵前進的情形的。和陀拉克羅亞所畫的「一八三○年」，正是好一對的作品。主宰着古典派的彫刻界的大闢特檀藉爾批評這製作道：「自由的女神當這樣嚴肅的時候，裝着苦臉，是怎麼一回事呢」云——。古典主義和羅曼諦克之爭，無論什麼時候，一定從這些科白開場的。然而這製作，所不能饒放的，是義勇兵們的相貌和服裝。他們還依然是羅馬的戰士。

在「南伊將軍」的紀念像上，却沒有一切古典主義底的傳統了。穿了簡素的制服，高揮長劍，一面叱咤着全軍的將軍的風姿，是逼眞的寫實。將指導着弟子們，柳特嘴裏所常說的——「敎給諸君的，是身樣，不是思想」這幾句——話，和這製作比照着觀察起來，則柳

柳特：馬爾賽斯

特的努力向着那里的事，就能夠容易推見的罷。

基力斯諦安勞乎（Christian Rauch）是供奉普魯士的王妃路易斯的；這聰明的王妃識拔勞乎之才，使他赴羅馬去了。勞乎爲酬王妃的恩惠計，便來鐫刻那覆蓋夭亡的路易斯的棺柩的臥像，在羅馬置辦了白石。刻在這像上的王妃的容貌，是將古典彫刻的嚴肅和路易斯的靜穩的肖像，顯示着神奇的調和。在日常出入于這宮廷中的勞乎，要寫實底地描寫路易斯的相貌，自然是極容易的。但在不能不用古典樣式的面紗，籠罩着那臥像的他，是潛藏着雖要除去而未能盡去的傳統之力的罷。柳特之造凱威涅克的墓標，要刻了全然寫實底的屍骸的像的，但要作那麽大膽的仿傚——即使有這意思——却到底爲勞乎所不敢的罷。還有，和這一樣，勞乎之于勃呂海爾將軍的紀念像，似乎也沒有如柳特之試行于「南伊將軍」的那樣，給以熱情底的表現的意思。勃呂海爾身纏和他的制服不相稱的古典風的外套，頭上也不戴帽。那輪廓，總有些地方使人記起古代羅馬的有名的兌穆思退納斯的像來。

最盡心于遁出梭爾跋勒特生的傳統者，是勞孚。然而無論到那里，古典主義底的形式觀總和他紮結住。如上所述，在「路易斯」和「勃呂海爾」上，也可以分明地看取這情形，而于茀里特力大王的紀念像——正惟其以全體論的構想，是極其寫實底的——却更覺得這樣束縛的窘促。戴着大王的乘馬像的三層臺座的中層，是爲將軍們的羣像所圍繞的，然而凡有乘馬者，徒步者，無論誰，都只是制服而無帽。倘依德意志的美術史家的諧謔的形容，則恰如大王給他們命令，喊過什麼「脫帽——禱告！」之類似的。雖在礮煙彈雨之中，並且在厚的外套纏身的極寒之候，而將軍們却都不能戴盔兜，也不能

勞字：路易斯皇石之墓

勞孛：弗里特力紀念像

戴皮帽。

法蘭西的彫刻家，頗容易地從古典主義的傳統脫離了，但在德意志人，這卻決不是容易的事。

。歷史趣味和建築

將十八世紀末以來的古典主義全盛時期的建築上的樣式，比較起來，也可以看出法德兩國民性的相異的。

霞勒格蘭的凱旋門和蘭格蒿斯的勃蘭覃堡門，還有韋穰的馬特倫寺和克倫支的顯英館——只要比較對照這兩組的建築，也就已經很夠了罷。

皇帝拿破崙為記念自己的戰功起見，命霞勒格蘭（Jean François Chalgrin）計畫偉大的凱旋門的營造。在裏綏里什的大路斜上而橫斷平岡之處，聳立着高五十密達，廣四十五密達的凱旋門。現存于世的一切凱旋門，規模都沒有這樣大。現在還剩在羅馬的孚羅的幾多凱旋門，自然一定也涵養了熟悉古典建築的霞勒格蘭的構想的。然而巴黎凱旋門，却並非單是古典凱旋門的模倣。是對于主體的效果，極度地瞄準了的獨創底的嘗試。較之古典時代的建造物，結構是很簡單的，但設計者所瞄準之處，也因此確切地實現着。

蘭格蒿斯（Gotthard Langhaus）的傑作勃蘭亶堡門，就是菩提樹下街的進口的門。是模倣雅典的衞城的正門的嘗試罷。雖然並非照樣的倣造，然而沒有什麼獨創底的力量，不過介人起一種「模型」似的薄弱之感。規模既小，感與又冷。最不幸的，是並沒有那可以說一切建築，惟此是眞生命的那確實的「堅」。總覺得好像博覽會的進口一般，有些空泛，只是此時此地爲限的建造物似的。倘有曾

霞勒格蘭：凱旋門

韋禮：馬特倫寺

韋磯：馬特倫寺

司茀羅：集靈宮

經泛覽古典希臘的建築，而于其莊重，受了强有力的感印的人，大概會深切地感到這宗所謂古典主義建築之薄弱和柔順的罷。

德意志古典主義建築家中之最著異彩者，怕是供奉巴倫王家的萊阿望克倫支(Leo von Klenze)了。區匿街是淸淨的縣與市的中心，點綴這街的正門和石刻館，大約要算北歐人能力所及的最優秀的作品。然對于從這些建造物所感到的一種儀表，自然是願意十分致敬的。然而雖是他，在顯英館和榮名廳的設計上，却令人覺得也仍然是一個德意志風的古典主義者。將日光明朗的南歐的空氣所長育的風姿，照樣移向北方的這些建造物，在黯澹的天空下，總顯着瑟縮的神情。恰如用石膏範印出來的模造品一樣，雖然能令醉心于古典時代的美術的學生們佩服，然而要是活活潑潑的有生命的作品，却不能夠的。

但是，即使想到了顯英館和榮名廳的這樣的失敗，而即刻聯想起來的，是生在法蘭西的馬特倫寺的生氣洋溢的美。

馬特倫寺是在一七六四年，由比爾恭丹迪勃黎的設計而開工，遭大革命的勃發，因而中止的寺院。但拿破崙一世却要將這建築作爲一個紀念堂，遂另敕巴爾綏勒密韋穠（Barthelemy Vignon），採用神祠建築的樣式了。然而自從成了路易十八世的治世，便再改爲奉祀聖馬特倫的寺院，將堂內的改造，還是託了韋穠。韋穠于是毫不改變這建造物的外觀，單是改易了內部，使像寺院模樣。在奧堂裏加添一個半圓堂，在兩旁的壁面增設禮拜堂的行列，在天井上添上三個平坦的穹窿，竟能一面有着古典風的結構，而又給人以寺院似的印象了。

堂內的感印，是爽朗而沈著的，外觀也大規模地遒勁而堅實，在這地方，可以窺見那較之單是古典崇拜，還遠在其上的獨創底的才能的發露來。

但是，以羅曼諦克時代爲中心的歷史趣味的傾向，其及于當時的建築界的影響——正因爲那動機不如古典主義之單純——是發現爲極其複雜的形態的。只要一看點綴着現今歐洲的主都的當時的建築，在構想上非常駁雜的事，則那時的情况，也就可以想見了罷。巴洛克趣味的巴黎的歌劇館（設計者Charles Garnier），戈諦克派的倫敦的議事堂（設計者Charles Barry），意太利文藝復興風的特來式甸的繪畫館（設計者Gottfried Semper），模擬初期基督敎寺院的縣興的波尼發鳩斯會堂（設計者Friedrich Ziebland），將古典羅馬氣息的樣式，渾然結合起來的勃呂舍勒的法院（設計者Joseph Poelaert）……即使單舉出易惹忽忙的旅行者的眼的東西，也就沒有限量。倘要從中尋求那在建築史上特有重要關係的作家，則從法蘭西選出惠阿萊盧調克，從德意志選出洵開勒，恐怕是當然的事罷。

在法蘭西，本來早就發生了排斥古典樣式的偏頗的模倣，而復興戈諦克風，作爲國粹樣式的運動的，但一遇羅曼諦克思潮的新機運，便成爲對于古典主義的分明的反抗運動了。羅曼諦克的文人們，使戈諦克藝術的特質廣知于世，自然不待言。于是開倫人基力斯諦安阜（Christian Gou）便取純然的戈諦克樣式，用于巴黎的聖克羅台特寺的設計；拉修（J. S. Lassus）則與古典和文藝復興的兩樣式爲仇，而併力擁護戈諦克。而惠阿萊盧調克（Viollet-le-Duc）便在建設底實施和學問底研究兩方面，都成爲當代建築界的模範底人物了。他的主要著作「法蘭西建築辭書」（Dictionaire raisonne de l'Architecture francaise）和恢復的規範底事業的那比爾豐館的重修，就都是很能代表他的學識和技術的作品。

在德意志，則從弗里特力吉黎（Friedrich Gilly）以來，凡是懷着高

不盟爾：勃呂舍勒法院

咯爾涅：巴黎歌劇館

伯黎：倫敦議事堂

濟勃蘭特：波尼發鳩斯會堂

濟勃蘭特：波尼發鳩斯會堂內部

閔沛爾：特來式甸繪畫館

克倫支：綿興正門

遠的憧憬的建築家，就已經夢想着他們的理想的實現。由吉黎的計畫而成的弗里特力大王的墳墓，卽明示着這特性的了。置人面獅和方尖碑于前，而在碩大的平頂墳上，載着靈殿那樣的奇異的構想，很令人記起凱思與斯的渺茫的憧憬來。但爲吉黎的感化所長育的凱爾弗里特力淘開勒（Karl Friedrich Schinkel）的構想，卻以將古典樣式和戈諦克樣式加以調和統一這一種極艱難的——從兩不相容的兩個樣式的性格想起來，必然底地不可能的——嘗試，爲他的努力的焦點了。

本來，淘開勒與其是建築家，倒是畫家，是詩人。可以記念這城干羅達一流而羅曼諦克的他的憧憬的，有極爲相宜的一幅石版畫。是林中立着戈諦克風的寺院，聳着鐘樓，羅曼諦克的故事的插圖似的石版畫。細書在畫的下邊的話裏，有云：「抒寫聽到寺裏的鐘聲的時候，充滿了心中的，神往的幽婉的哀愁之情。」就照着這樣的心緒，游歷了意太利的他，是既見集靈宮和聖彼得寺，便越加懷念高諮屹立的北歐的寺院，對于古典風的建築，只感到廢棄的並無血氣的僵硬罷了。

洵開勒的戈諦克熱，是很難脫體了的，然而從古典崇拜的傳統脫離，也做不到。于是竭力想在古典樣式的基調上，稍加中世氣息。但是，倘值不可能的時候——當然常是不可能的——便僅用古典樣式來統一全體。終至于最喜歡亞諦加風的端正了，而對于趣味上的這樣的變遷，則他自己曾加哲學氣味的辯護道：「古典希臘的樣式，是不容外界的影響的。這里就保存着純淨的性格。因此這又導人心于調和，涵養人生的素朴和純淨。」——云。

這樣子，洵開勒是從對于古德意志的憧憬的熱情，向了古典希臘的理性底的洞察了。但是，雖然如此，向來不肯直捷地接受先前的

力錫泰爾：羅馬的郊外

洵開勒：石版畫

樣式的他，在許多設計上，又屢次試行了不合理的，而且無意義的改作。　波式達謨的尼古拉寺不娛言，雖在柏林的皇宮劇場，也不免有此感。　而且對于羅曼諦克的樣式，他也竟至于想插入自己的意見去了。　他看見羅曼諦克的文人喻戈諦克寺院的堂內為森林，便發意犧牲了戈諦克樣式的特徵，而將植物形象，應用于天井和柱子上。　其實，他是連戈諦克樣式的正確的智識也沒有的；更壞的是因為他以戈諦克建築的後繼者自命，所以更不堪。　將懷着這樣空想的他，來和法蘭西的比阿萊盧調克一比較，是怎樣地不同呵。　比阿萊盧調克是將自己的工作，只限于正確的恢復的。　而况在洵開勒作工最多的普魯士，又並無可以與修很侈奢的建築的款項。　因為總是照着減縮的豫算來辦理的工作，所以雖在設計戈諦克風的寺院的時候，也勢必至于雜入工程簡單的古典風。　要在古典式的規範上，適用戈諦克風的構成法的他的努力，大部分終于成了時代的犧牲，原是不得已的。受了希臘國王的委託，在雅典的衛城上建造王城的計畫，後來竟沒有實現。倘使實現，也許能夠成爲給古典主義一吐萬丈的氣燄的作品的能。然而在較之古典主義，更遠愛古典時代的遺物這東西的我們，却對于這樣「暴力」的未曾實現，不得不深爲慶幸的。

六　從羅曼諦克到印象派的風景畫

風景畫——這題目，在美術上佔得一個獨立的位置，是並不很早的。

這到了十九世紀前半期的中塗——具體底地說，則自從起于一八三〇年前後的風景畫家的新運動以來——驟然占領了美術界的重要的分野了。宛然有繼承了宗敎畫在十九世紀以前的畫界上所占的位置之觀。這是什麽緣故呢？一方面，是從隱然支配着向來美術界的社會上的權威——基督敎會，敎皇，商會，銀行家，傭兵的長官，諸侯，宮廷，貴族，皇帝——的保護和束縛得了解放的美術家們，都漸漸自己直接站在社會的表面，爲自己的要求所敦促，爲時代思潮所引導，而從事于製作了。于是一切人們俱能感受的自然的風姿，即勢必成爲占領畫題的一大部分的結果。（在十七世紀的荷蘭，因爲沒有這樣的外面底的權威的支配，風景畫早經發達了。 這些就是那很好的例證罷。） 而同時，在別方面，則和人們大家的自然觀的發達——自然美的感受性的發達——有着重大的關係。 如那開始讚美山嶽之美的沛忒拉爾加，大概便是在宗教底自然觀的濃厚的煙霞的深處，首先看見了輝煌着的自然的姿態之美的第一人罷。 其次，大概便是自從大膽地喊出了「到處含美」這一句在今已經陳腐之至的話的時代起，逐漸生出近代風的自然觀來的事罷。（當十九世紀初，理論家是分風景畫爲兩種等級，即理想畫 (le style heroique,le styleideal) 和平民畫 (le style champetre, le style pastrale) 的， 但也有將風景畫的使命，僅限于作爲「背景」的人們。）

因此，所謂風景畫的發達者，是美術史上興味極深的一個研究的題目。而一面由風景畫的樣式的變遷下去的種種相，以反而追想時代思潮的變遷，大約也可以成爲興味頗深的題目的罷。但在本書，却只有敍述一點極粗的梗概的餘裕而已。

久遠的希臘的往昔，不得而知，若現存的風景畫的最古的遺品，大約要算敎皇宮內博物館所保存的「阿迭修斯風景畫」了。這是取詞美羅斯的詩歌「阿迭修斯」爲題材，意在表見英雄阿迭修斯的漂泊故事的。此外，以大概屬于同時代的作品而言，則朋卑還有許多的壁畫。那波里的國民博物館所保存的這一類的壁畫之中，也頗有惹人興味的，但因爲描畫的目的，本來多在廳室內裝飾的要求，所以能否作爲隨處可以推測當時作家的技術的因緣，也還是一個疑問。

例如，幾何學底遠近法，彷彿是已經知道了的，而視點的統一，却全然沒有。這是當模倣希臘時代的流行製作之際，羅馬的工人們所弄錯的所謂「走樣」呢，還是那時的藝術家，委實未曾進步到對于遠近法能夠畫得統一視點呢，都無從明白。總而言之，要築古典時代的遺品，來估計那時的畫術，是不很夠的。

自從進了中世紀，暫時沒有近乎風景畫的東西，但到十三世紀以來，總算靠了覺多，漸有幾分彷彿風景似的繪畫出現了。覺多當表顯聖傳和聖人的德行時，已迫于描寫極其單純的風景畫，作爲背景的必要。尤其是在亞希希的聖芳濟寺的壁畫上，雖然古拙，却可以看出意太利文藝復興時風景畫的開端。

一到絢爛的十五世紀，則不消說，出現了各種風景畫，作爲無窮的聖傳和神話的背景了。表出含着水蒸汽的氛圍氣，可見空氣遠近法的開初的威羅吉阿；將牧歌氣息的情調，畫以澄明的心緒的沛爾什

覺多：壁畫

若耳治納：家族

訶貝瑪：風景

萊阿那爾陀：風景

諾；力求裝飾底的效果的烏吉爾羅等，要歷舉起來，是無限量的。況且那時正值發明了幾何學遠近法的時代，所以應用極爲流行，集注着畫家們的興味了。

然而在風景畫的興味如此盛大時中，將眞的意義上的風景畫，遺留下來的作家，却除了萊阿那爾陀達文希之外，幾乎沒有了。萊阿那爾陀在那有名的畫論裏，也論着風景畫的問題，但遺品中的最可注意的，是左寫着1473年這幾字的鋼筆素描的風景畫。見于西洋繪畫史上的純粹的風景畫，這——大約——是最古的遺品。還有，屬于略同時代的北方畫家調壘爾的寫生中，有施用彩色的幾葉風景畫存在的事，也該記得的。此外，還須聲明，在十六世紀初頭的威內契亞派作家之內，也有畫了和很純粹的風景相近的美的背景（？）的作家。以那代表底作家而論，就只舉一個若耳治納的名罷。

那麽，究竟什麽時候起，纔有純粹的風景畫出現呢？雖到文藝復興期，「自然和人」已被發見，而還不能出于背景以上的風景畫，從什麽時候起，纔走了獨特的路呢？

開始畫出眞的意義上的風景畫的畫家們，是十七世紀的荷蘭人。新敎國的荷蘭，儀式一流的宗敎畫，是不發達的，而產生了許多描寫田園風景的作品。和靜穩的室內畫家，詼諧底的農民畫家一起，也輩出了多數的風景畫家。將映着以家畜作點綴的田園和喬木的影的水邊的，籠霧，搖風，浴月的情景，他們親密地描寫了。稱爲「風景畫」和「靜物畫」的新題目，開闢了繪畫的獨立的分野，是從這時候起首的。

但雖是榮盛至此的風景畫，在這荷蘭仍不能發見相承的作家。出了首先是崙勃蘭德，還有路意勘陀和訶貝瑪的盛世，頃卽告終，他

崙勃蘭特：風景（銅版）

們所覚得的後繼者，是盛極于鄰邦拂蘭陀爾的盧本斯的穠郁的風景畫以及法蘭西的域多。法蘭西是從十七世紀的初頭起，就有着普珊和羅蘭了。

成于這些作家之筆的高超的所謂「敍事詩底風景畫」，是以英雄和聖者作點景，配合着大廈和廢墟的理想畫。但一到路易十五世攝政時代，情緒全然不同的豔麗的域多的風景畫出現了。

域多的風景，是具有和布爾蓬王家的奢侈相稱的美的。

在梨園的臺面一般的庭中，裝飾優雅的男女的宴集，便入了畫。

但惟有在盧森堡苑中畫了樹木的域多，他的風景畫，是顯示着和飾以當時趣味的貴族的庭園，有一目瞭然的共通點的。

然而這美的夢做得並不久。

大革命的可怕的豫感，將時代的趣味，拉回寂寥的古典主義去，除了雜着古代廢墟的羅培爾的裝飾畫，風景畫幾乎沒有了。

直到熱情如沸，色彩如燃的羅曼諦克時代的終結爲止，人們都失了親近風景畫的餘裕。 于是就展開一八三〇年代的意義深長的運動來。

a 風景的理想化

一八二四年的展覽會——還從各種意義上看，在法蘭西的畫界是大可記念的展覽會——裏所陳列的約翰康斯台不勒(John Constable)的風景畫，曾給年青的巴黎的畫家們以多大的感動，巳經說過了。 在祖國埋沒了才能的他，到海峽的彼岸却大得尊敬。 但在英國，是另外還有可以注目的兩個風景畫家的。 理查波寧敦(Richard Parkes Bonington)和威廉泰那(William Turner)就是。 波寧敦將他那短促的生涯，大部分消磨在法蘭西，和法蘭西的風景畫家們往來，留給法蘭西的風景畫家們許多貢獻。 而泰那，則他那大膽的濃霧的描寫，頗有

密萊：拾落穗者

託羅讓甯：風景

康斯台不勒：風景

盧棱：風景

影響于克羅特穆納的後期作品的。這樣子，出于英吉利的三個風景畫家們，便誰都成了法蘭西人們的好的指導者了。

以一八三〇年代爲中心的法蘭西風景畫家們，是以若耳治密開勒(Georges Michel)保羅于藹(Paul Huet)爲先驅者，凱密由珂羅（Camille Corot）綏阿陀爾盧梭(Théodore Rousseau)爲中堅，而加以動物畫家的康士坦丁託羅藹庸（Constantin Troyon），農民畫家的約翰密萊(Jean Francois Millet)，及其他陀辟尼（Daubiguy），提亞斯(Diaz)，調不疊（Dupré）等。但在這些作家裏，現在所尤要注目的，是珂羅和盧梭這兩個人。

在珂羅的製作中，起先就有兩種的傾向。因爲尊崇着克羅特羅蘭，所以一方面是帶着理想底風景畫的趣味的，但同時在別一方面，也還是質直的寫生畫家。相傳臨終時，說了「多麼美呀，從來沒有見過這麼好看的景色！」的話的珂羅，是畫了許多幅林妖們欣然曼舞的沼邊的風景畫。在善于用那優美的牧歌一般的調子，表出黎明的爽朗，白晝的沈鬱，黃昏的幽靜來的他的質地裏，大概原有着對于理想畫的摯愛的罷。但是，在別一面，他也是和那純朴的性格相稱的質直的寫生畫家。從相傳畢生不離手，作爲回憶之資的純羅馬的「珂里綏阿」和帶着相同的傾向的夏勒圖爾的「大寺」起，以至遠在後期所作的——全然印象派之作似的——「陶韋之街」等，恐怕便是這半面的代表作品。大約在初到他熱愛一如故鄉的意太利，快活地唱着歌，巡行于羅馬近郊的時候，這兩種不相類似的傾向，便並無什麼不調和地同時長育了。倘用粗略的話來總括，就是極其保守底的一面和極其進取底的一面，他是同時具備的。到了羅曼諦克的時代告終以後，也還是依然愛着林妖們的一面和徹底地寫生，至于直接接着

珂羅：風景

珂羅：陶韋之街

印象派作品的一面——然而在這裏面，却沒有什麼不調和，也沒有什麼破綻。無論那一幅畫，都像他自己一樣，又純粹，又分明。

假如珂羅可以稱爲敍情詩人，那麼，盧梭大概就可以稱爲敍事詩人了。珂羅是愛那飾以細瘦的枝條和透明的綠葉的樹木的；和他相對，盧梭則讚賞那有着聳節的頑强如石的幹子和又黑又厚的葉子的喬木。爲要將樹木的威力，畫得較强，用逆光線是他的常習。從他看來，樹木乃是英雄。用了古典主義的作家們讚美羅馬人的德行時候一樣的心情，盧梭來讚美樹木的雄武。在他，樹木是美如精力瀰滿的肉體一般的。恰如古典主義的作家們感到了肉體的魅力和彈力似的，盧梭感到了樹木的美。珂羅和盧梭——兩人的趣味和性格，是如此之不同。然而在這里，也有正如法蘭西人的共通點。珂羅的澄明，盧梭的强固，是兩者都出于對于自然的質直的不加修飾的感受性的。　兩人的風景畫，都是一種理想畫罷。　但到處都加上法蘭西模樣的理想化了。　那麼，同是風景的描寫，在德意志，又用什麼方法來加了理想化呢？

出于德意志的風景畫家之中，試行了理想化底表現的——並且珂羅一般大家知道的——代表者——，年代雖然較珂羅們遲得不少——大概是生在瑞士的亞諾德勃克林（Arnold Böcklin）了罷。　曾經大受稱讚而且在到了動心于神祕氣味的年紀的青年，一定曾經愛看的勃克林，並不是法蘭西畫家一般的詩人。　是將自然神敎，講得容易明白的宗敎家。　將鮮豔到濃厚而煩膩的色彩，和陰慘駭人的地祇和水妖，和不相稱的意太利風的自然，打成一團的，是他的藝術。　他所畫的春的神女，並不可愛，不明朗，也不淸輕。　僅是沈重異常的濃豔。他所神往的至福之境，毫沒有一點爽朗和逍遙。　僅是鬱鬱地岑寂。

勃克林：死島

勃克林：意大利風景

有些陰森的「水嬉」和絕無慰安的「死島」等，恐怕就是和他的性格最爲相宜的題材罷。在文學上，有着亞瑪調斯霍夫曼的「立嗣」和綏阿陀爾勖忒倫的「騎白馬人」的民族中，會有勃克林的「水嬉」，大約正是自然之勢。以爲北方民族所特有的晦暗的自然觀，就在這里反映着，想來也未必不當罷。爲什麽呢？因爲雖是欣欣然要在純白的心中，讚美自然的羅曼諦克期的風景畫家菲里特力，也還是非畫一個站在夕陽所照的山上的十字架的樣子不可的。

b　穆納和印象派

將一八三〇年代的作家們所遺留而去的新使命——寫實主義——擱在肩上而站出來的巨人，是被稱爲「寫實主義的赫拉克來斯柱」的喬斯泰夫果爾培(Gustav Courbet)。一八三〇年代的風景畫家，每當安排他的構圖，是處置樹木也如人物，任意更動其位置的。總之，也還是以向來的「湊成的風景畫」的方法爲常習。然而自從出了冷淡于構圖法的果爾培以來，那「切下來的自然的一角」，却被照字面地描寫了。技巧底地安排構圖的事，是沒有了。而且果爾培的堅強的風景畫，又因了他的後繼者愛德華瑪納（Eduard Manet）而更增其明朗，在印象派的大人物瑪納的銳敏的觀察之下，使那寫實主義至于徹底了。

一八三〇年代的作家們，是喜歡芳丁勃羅的野生的森林，至于在那裏面作風景畫的，但在屋外所作的寫生，却不過聊以供一點準備之用。至于安排全體的落成，是總不出工作場去的。這事情，在果爾培也如此。但印象派的畫家們，則以在室外描寫一切，爲必要條件了。于是他們也就不至于疏忽了變化不息的自然的微妙的表情。

先前的作家們所未曾覺察的色彩的區別和日光所生的效果，便漸漸成了自然觀察的主要的對象。在他們，自然的形骸這、東、西、，早不惹一點興味了。但是，給這形骸以生命，使這形骸有表情的要素——色和光的效果——却大受非常銳利的觀察。要而言之，寫實主義和印象主義的不同，是表現上的不同，而同時也是對象這、東、西、的不同。他們所要描寫的，已不是樹木的「模範」，也不是水的「代表」了。而且又不是一定的樹木，一定的水這、東、西、。倒是在或一偶然之間，選取了的樹木或水的在或一瞬間的情形。是使這樹木或水之所以有生氣的色和光的效果。

在風景畫的發達史上，劃出一個新時期來的外光派的代表作家，是克羅特穆納（Claud Monet）。正如培爾德摩理生——以閨秀作家似的口吻——評爲「一看穆納的畫，就知道陽傘應向那一面好」一樣、再沒有一個作家，能像穆納的善于繪畫「天候」了。　他的雪，是眞冷的。　他的太陽，是眞暖的。　用輕微的筆觸，細細地描出錯綜的枯枝，便成籠罩河邊的黃靄；很厚地排上成堆的單色，便成熊熊發閃白晝的太陽。　寫晴天，則堆起顏料來；寫陰天，則用平坦的筆觸。

要將「天候」的表現無處不徹底的穆納，終于開始做那稱爲連作(Série)的——非常費力的——一種工作了。　是竭力想要單將變幻不息的光的效果，羈留于同一的畫因之下的。　夏末的一晚，覺得偶然的感興，開手試畫的「草堆」，是那最初的作品。　從秋到冬，朝日所照，雨所濡，雪所掩的十餘幅的「草堆」成功了。　草堆之後，畫的是盧安的大寺的前門。　其次，更畫了賽因的白楊，泰姆士川的霧，威尼斯的運河，池中的睡蓮——無窮的許多的連作。　其中最惹興味的，是盧安的前門。　這是以數十幅爲一套的極其大布置的連

穆納：草堆

穆納：威尼斯

盧安大寺

穆納：盧安大寺

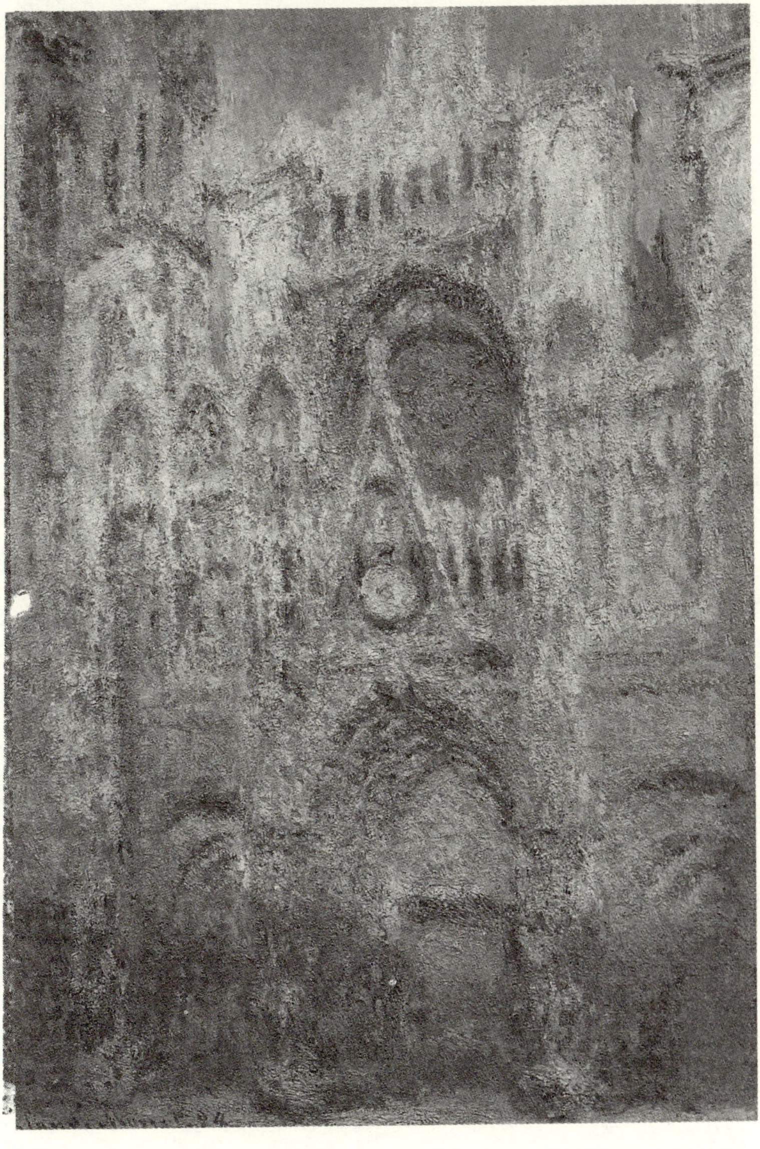

穆納：盧安大寺

希涅克：帆船

作，借寓于寺的對面的穆納，是日日從窗戶間，專一凝視着刻露的複雜萬狀的石骨的。將那在石骨的複雜的表面上，明滅着的光的作用，沒有虛假地描下來，並不是平常的努力。

凡曾在盧佛爾美術館，見過凱蒙特的品物集成的人，該記得掛在那里的四幅Cathédrale de Rouen的罷。而尤其是，對于畫着負了朝暾，美麗地發閃的正門的兩幅作品中的，金色的陽面和鈷藍的陰影的溫柔的色彩的調和，大約未必會忘記。將這些分散在世界中的許多連作，聚于一堂，可以觀賞的希望，現在是沒有了，但即使單是想像，也就覺得非常的興味。這里有着一串極眞摯的努力的結晶。有着離開了一切外部底的，他律底的刺戟而極其「專門底」的藝術底研究所可稱讚的成果。恰如看見總是反覆着麻煩的實驗的自然科學家的勞作時候，發生出來的一種感佩，會充滿了看這一組 Sélrie 的人們的心中的罷。十九世紀後半期的畫界的——想使寫實徹底至極的——努力的極頂，就在這處所。認穆納爲當時的最爲代表底的作家，恐怕是未必不當的。但是，臨末，有不可誤解的事，是他的嘗試，雖然極意是分析底，實驗底，而始終堅守着徹頭徹尾純藝術底——造形美術底——的態度。在這里，就有着穆納之爲藝術家的强和深。在完全沒有感到跨出純造形底的境地的誘惑之處，可以窺見他之爲藝術家的力。雖然那麽緜密的努力，而穆納的畫，是于觀者的眼裏，給以無餘之感的，但在美術家，如果沒有十分强大的力量，就不能如此。（穆納在後期的連作——威尼斯和睡蓮——上，似乎越加拉進色調之美裏去了。）

起于法蘭西的寫實主義的運動，其所以導風景畫的展開，先就是這樣子。但在德意志，則「愚直派時代」（Biedermeizeit）的蠢笨地精細，而毫無什麼趣致的風景畫——勃律罕（Blechen）和瓦勒特繆萊爾（Wal muller）的畫——之後，出了色采欠鮮，只用又粗又大的筆觸塗抹上去的馬克斯里培爾曼（Max Liebermann）的風景畫。後文要說起的，由純朴的賚不勒——德呂勃納爾恐怕也可以加進去——德意志是有了很出色的寫實主義的代表作家了，至于印象派氣味的嘗試，却似乎不妨說，終于全然失敗。要簡單地歸結起來，大概是用了法蘭西印象派所試行的方法，來擠掉寫實主義，原是和德意志人的性格不合的罷。也只能說，因爲雖然這樣，却竟依着當時的流行，模倣了法蘭西風，所以招了這樣的失敗了。正如十六世紀的德意志畫家，輸入了多量的意太利風，終至自滅一樣，置民族的性質于不顧的模倣，豈非就是德意志印象派畫家的失敗的原因麼？

七　寫實主義與平民趣味

a　果爾培和賓不勒

生于阿耳雛的，那粗笨的鄉下人喬斯泰夫果爾培(Gustave Courbet)決計到巴黎作畫的時候，指導他，啓發他者，無論怎麼說，總是盧佛爾美術館內的諸大家。其中尤其使他愛好的，是荷蘭的畫家們。十七世紀的荷蘭畫家，都忠實地描寫着「他們所生活着的時代」這一端，更是惹了果爾培的興味。他的對于應爲新時代負擔重要使命的明瞭的豫感，看來是此時已經覺醒了。一八七四年所企圖的荷蘭旅行，便是確證他這樣的心情的事實。

一八四八年的政變以來，官僚的空氣顯然減少了的法國美術界，便毫無爲難之處，承認了他的藝術。 但他于巴黎活動之暇，往往滯留在故鄉阿耳難，和這地方的素朴的自然相親近，並且畫着風景，狩獵和農民。 他將家裏的倉庫改成工作場樣，就在那裏面作畫，而這樣的嗜好，却護持了他的藝術的純朴了。 不爲風靡着當時法蘭西畫界的沈滯了的皮相底的空氣所毒，他的畫的清新，大概也是果爾培的趣味之所致的罷。 在四九年的展覽會上，得了佳評的「阿耳難的午後」和他一生中的代表作「阿耳難的下葬」，便是這樣地畫出來的。和當時盛行提倡的平民主義的社會思潮相平行的——即使並無直接的關係——新的農民畫家所共通的傾向，在這里可以窺見。 農民的同情者的密萊——他的作品的美術底評價，作爲別一問題——和後文要講的德意志的賓不勤和果爾培這三個人，都是當時的最爲代表底的農民畫家，而他們自己的生活，也都是親近田園，爲農民的好友的。

（先前的「田園畫」（Paysage pastrale）是諸謔底地描寫農民的「風俗」以娛都會人的好奇之目的，從這傳統得了解放，而農民的地位，在美術的題材上也顯然增高者，可以說，是和由四八年代的社會運動所致的平民階級的社會底向上相符合的現象。）

「阿耳難的下葬」是將數十個人物，畫作等身大，拂里斯的浮彫似的，橫長地排着的構圖。下葬的處所是廣漠的野邊，遠處爲平岡相連的單調的自然所圍繞。送葬的人們——除了牧師和童子——都穿黑色衣服。只除死者的至親似的人們以外，他們都漠不相關地站立着。牧師的臉上，毫無什麼表情。似乎只爲做完自己的公事，翻開着聖典。單調的自然，倦怠的儀式，無關心的表情，暗淡的色彩——由這些表現所生的堅硬之感，都統一于果爾培所特有的確固的强〃在很隨便，然而生氣橫溢的這畫上，有一種强有力的緊張。

凡果爾培的畫所通有的這種力，在「阿耳難的下葬」上更其特別強烈地感得。相傳畫在那上面的人們，是都到果爾培的工作場裏，給他來做模特兒的。果爾培所標榜的寫實主義，可以說，在這幅畫上，是表示了那最有光輝的具體底顯現了。在大闢特的「加冕式」，格羅的「黑疫病人」，陀拉克羅亞的「一八三〇年」……等常是代表新時代的——而且都是寫實的——大作之中，「阿耳難的下葬」似乎也可以加進去的。

和「阿耳難的下葬」一同，代表着果爾培的還有兩幅畫。那就是「石匠」和「工作場」。「石匠」是描寫在阿耳難路旁作工的兩個勞動者的。果爾培每日總遇見他們倆，這就是所以畫了這畫的機因。「工作場」上，加有 Allégorie réele 的旁註。在剛作風景畫的果爾培自己的身旁，立一個裸體的模特兒女子；右邊，有和他的藝術

果爾培：阿耳難的下葬

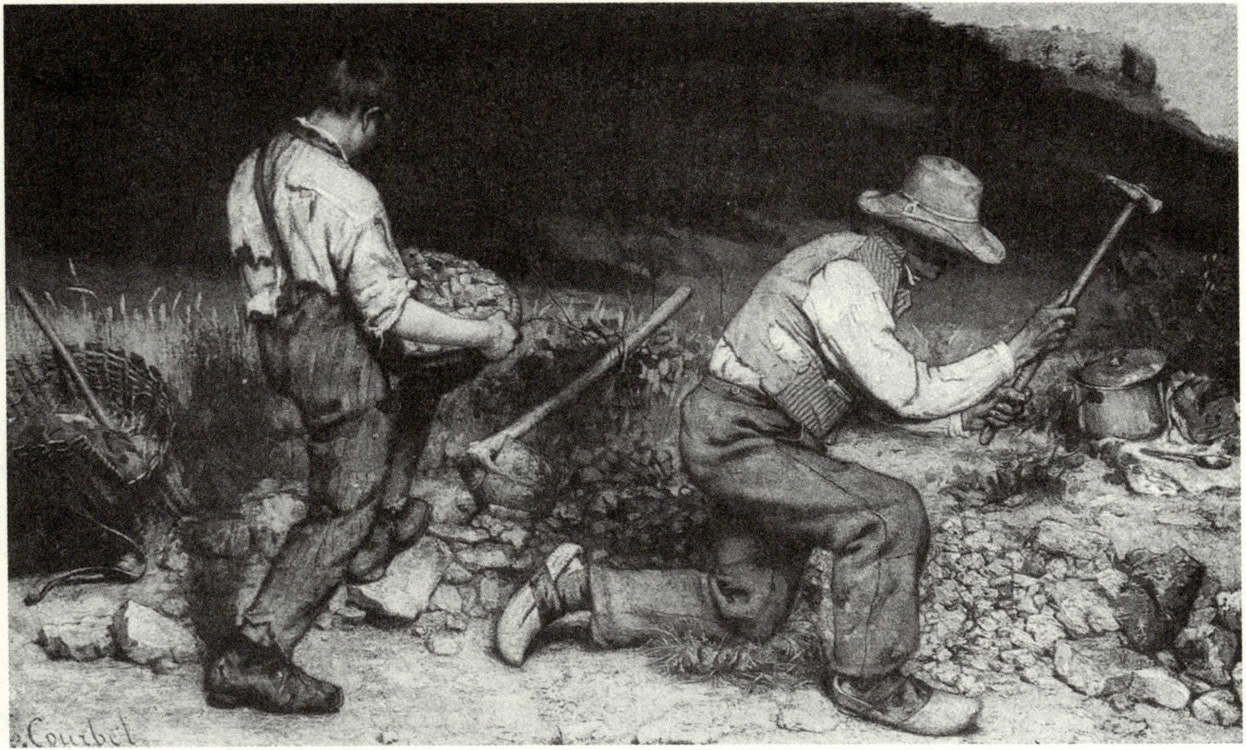

果爾培：石匠

關係很密的詩人波特萊爾和社會思想家布魯東；左邊是曾經給他的圖畫做過模特兒的牧師和農民們。——從這兩幅畫的共通的傾向，可以推知果爾培和當時的社會運動之間的直接的關係。在事實上，果爾培對于帝政派原是常懷反感的，且又和同鄉人布魯東相親。然而他始終是一個畫家。「石匠」和「工作場」，決不是爲宣傳社會運動起見，故意經營的製作。在他自己，只是試行平民生活的寫實底表現罷了。其實，在這里，和社會思潮的關係，恐怕——在暗地裏——可以看出來罷。但這是果爾培自己所沒有意識到的。他的作畫，僅出于標榜他的寫實主義的藝術底意識。

一八五五年，在巴黎開設萬國博覽會之際，也舉行美術展覽會。其時果爾培所提出的許多作品中，重要的幾乎全被拒絕了，而且那審查的結果，是不滿之處還很多。于是他要想些方法，和他們對抗，便在展覽會場的左近，租了房屋，開起掛着 REALISME 的招牌的個人展覽會來。說到個人展覽會，現在是成了誰也舉行的普通習慣了，但當時，費在還是希罕的事件。在這展覽會的目錄上，就說明着以「活的藝術」爲目的的事，以及應該表示現代的風俗和思想的事。這展覽會頗惹了世人的注目，自然不待言。就如見于陀拉克羅亞的日記的一節中那樣，雖是那「羅曼諦克的獅子」，也讚揚着這新的畫界的後繼者。

從一八五八年的弗蘭克孚德的展覽會以來，果爾培便和外國——特是德國——生了密切的關係，在六九年舉行于緜興的萬國博覽會之際，則得了很大的名聲。當時以藝術上的保護者出名的路特惠錫二世，既給他特異的光榮；德意志的美術家們也表示了親密和尊崇，加以款待。這時候，他的名望，在法蘭西國內，也到了那極頂了，千八七〇年授 Legion d'Honour 勳章，但身爲布魯東黨員的他，却拒絕了這推薦。普法戰爭時，因爲和師丹陷後勃發起來的恐怖時代執政團體之亂有關，由拿破崙黨員的固執的敵意，遂被告發；又由官僚畫家米梭尼而被擠出美術界，終至放逐國外，亡命瑞士，就這樣子在失意中死掉了。拿破崙黨的巨匠大關特所曾經陷入的同一的運命，爲社會黨員的他就來重演了一回。代表十九世紀前半期初頭的美術界的大關特和後半期初頭的代表作家——在思想底的一方面，是各從正相反對的立脚點的——都代表着那時代的思潮，而同得了犧牲底的最後，實在是與味很深的事。但在這里，有不可忘却者，是他們兩人都常不失其爲美術家的自覺的。雖有時代思潮的强有力的誘惑，而能守住他們的本能的「護符」，實在是法蘭西人傳來的寫實眼。

正如法蘭西人的果爾培，被歡迎于德意志一樣，德意志人的賚不勒，也在法蘭西得了讚賞。他們兩人，是都有粗豪的野人氣質的。加以在畫風上，兩人也非常類似。凡描寫質樸的農民畫，那趣味和樣式都全然相同。從那麼性格相異的法德兩國民之中，看見了這麼相像的作家，這是極其希罕的現象。

威廉賚不勒（Wilhelm Leible）是一八六九年往巴黎的。和果爾培，曾在孫興相見，也會面于巴黎。兩人的交情——因為果爾培不懂德國話，賚不勒也不懂法國話——也許未必怎麼深罷，然而在藝術上，却不消說，賚不勒是受着果爾培的感化。只要知道那時所作的賚不勒的「科谷德」，是怎樣地果爾培一流的作品的人，大概就不至于否定這樣的推測的。不但這一點。當賚不勒寓居巴黎時，還受了瑪納的輕快而明朗的畫風的影響。但不多久，普法戰爭開始了。

力錫泰爾：村童

賚不勒：不相稱的夫婦

戰爭之後，在巴黎——恐怕較之在德國——是可以佔得幸福的社會底地位的，但他不願意這樣。 于是自一八七三年以來，便躱在上巴倫地方的鄉村裏。 格外喜歡野人生活的他，不耐在都會裏過活。 散策，狩獵，騎馬等類的愉快而健康的生活，使他的藝術到處堅實地長發起來。 連和女性的關係，幾乎也不大有。 因為他的異常的羞恥心，相傳便是女人的 Akt 素描也不寫的。

他就在日常圍繞着他的農民的生活裏，探求題材。 賚不勒不像密萊那樣，來講農民的倫理，也不同綏庚誦尼那樣，用詩意來粉飾農民。 他但如果爾培一般，將平凡的農民實寫出照樣的平凡的姿態。 許多的獵人，酒店，寺中，肖像等，便是這樣地製作的。 待到法蘭西人的影響逐漸稀薄下去的時候，他的畫風卽也逐漸現出北歐人似的强固來了。 十五世紀的泥兌蘭人和十六世紀的德意志人——尤其是荷勒巴因——以來的堅實，漸次形成了他的個性了。古典主義以來的許多德意志畫家們所希求的描寫大規模的生地壁畫那樣的事，他已經全不在意。只要在較小的扁額畫上，描些日常的環境，他便滿足了。但在這里，也具有生成的底力和深邃和偉大。而且那偉大，是和十六世紀的大作家所具的偉大相像的。

b 都人所畫的風俗畫和村人所畫的風俗畫

生于十六世紀的德意志的滑稽的風俗畫，入十七世紀的荷蘭，至十八世紀以來，遂廣布了歐洲的全土。英吉利的荷概斯，西班牙的戈雅，法蘭西的茀拉戈那爾，就是那代表者。在十九世紀以來的法蘭西，則經流行了古典主義的壯大的表現和羅曼諦克的大排場的舞臺之後，這纔到了一八四八年以來的平民畫流行期，而這一種卑近的風俗畫，也還不過在畫界的一隅，扮演一點小小的脚色。 作爲那代表作家，是可以舉出陀密埃，吉伊，陀該，羅忒列克這四個人的罷。如果要從中再求更惹興味的作家，那麼，這恐怕要算陀密埃和羅忒列克了。

阿諾來陀密埃(Honore Daumier)于石版畫殊有名。 以巴黎爲舞臺，開手先描賽因河邊的浣婦和街市的事件的他，將三等客車的情形以及娛樂場裁判所等，畫成滑稽，是得意之筆。 在巧妙地運用了飄逸，但却非常有力的大胆的描寫，寫下那確是適切的性格描寫的他的畫面上，是具有法蘭西風的詼諧的輕快的。 他在油畫上，也有顯出和石版一樣的效果的手段。 將比陀拉克羅亞和盧本斯的用筆更其單純化了的粗大的筆觸，蜿蜒着，一面施以效果強大的簡單的色彩，來作多半是小幅的，大胆的畫。 將戲園裏舞臺上的臺面燈光的特別趣味之類，開始應用于繪畫者，恐怕就是陀密埃了。

安理兌圖路士羅忒列克（Henri de Toulouse—Loutrec）的出身是頗好的，但因為少年時候挫折了兩足，足的發達便停頓，脊骨也彎曲了。和身子不相稱的大頭的畸形的身體，使他的心成了冷嘲。雖曾尊敬陀該，受其感化，但沒有陀該那樣冷靜的性格。身入巴黎的黑暗面的最下層去，將那里的生活的黑暗，照實感一模一樣，分明地抉剔出來。而且那繪畫的表現法，品氣又非常之壞。不知道是故意呢還是嗜好，連那色彩的用法，也無不無聊而且卑猥。有如正在作下等的跳舞的妓女的畫之類，那表現的不淨，是可以使人轉過臉去的。所以美術史家中，竟有不喜歡將他列入歷史底人物裏面去的人。陀密埃的表現，是輕快的詼諧，和這相對，羅忒列克的表現却太實感，太深刻。但傾向雖有這樣地不同，而兩人究竟都像法蘭西人樣。

陀密埃：吉訶德先生

陀密埃：法官

凡有如表見于法蘭西的自然主義時代的文學上完全相同的傾向，從這兩人的作品上，也一樣可以感到的。

但在德意志——和在文學上一樣——却不能尋出這樣的繪畫來。對于這，就有和法蘭西的卑俗的風俗畫相平行似的一種風俗畫。但不像法蘭西的作家那樣，以都會人的嘲諷的心情，將現實的醜，加以曝露而有所誇張，但是鄉下人一般的質樸的心情，以長閑的現實爲樂的。並無法蘭西人那樣幹練的靈敏的手段的德意志畫家們，是用了孩子似的「拙」，來表示他們的純樸。眞如誠篤的外行人，勤勤懇懇地描成了的畫一般——令人要這樣想。

這種德意志畫家的代表者，是力錫泰爾和斯辟支惠錫。昂溫特的好友路特惠錫力錫泰爾(Ludwig Richter)，是雖在意太利旅行之際，還是懷念着故鄉的風光的「德意志」人。　即使寫生了羅馬的郊外，而描好的畫，却到處都成了德意志氣了。　如果並不留心畫題，而誤以南國的景色，爲北國的風光，也决不是觀者的不名譽。　因此，力錫泰爾是仿佛只爲要增長愛鄉之情起見，所以漫游了意太利似的。

「我願全然以單純的孩子的心情，把捉自然；而且一樣地表以天眞爛漫的形式。」　曾經這樣說着的力錫泰爾，于童話的插畫家，是最爲相稱的。（他的朋友勗溫特也如此。）　然而他並不學木版術的進步的技巧，也不想寫實的徹底。　至于性格描寫之類，是完全沒有興味的。　除了妥貼的瑣細的生活以外，一無所求的他，是深于信仰而慈于兒孫的和善的老翁。　在稱爲「禱告」「基督敎徒的喜悅」之類的他的木版畫上，有着基督降誕節夜似的幽靜的親密。

關于「愚直派」的代表作家凱爾斯辟支惠錫（Karl Spitzweg），是

斯辟支惠錫：子夜歌

無須多講的。他就只用了像個「愚直派」的素樸，來描寫都會和鄉村的小景。也時時夾雜些輕鬆的詼諧和嘲諷，但沒有一種不是極平凡，極平穩的。愛護花盆的老人，令人發笑的牧師，年青的子夜歌的歌者，是屢次描寫的他所愛好的題材。

c 凱爾波和魯尼

倘不表示一點感激，也不說一句稱讚的話，而要來講凱爾波，恐怕是不可能的罷。十九世紀的法蘭西，于陀拉克羅亞得了最大的畫家，于凱爾波有了最大的彫刻家。正如十七世紀有普珊，十八世紀有域多一樣，在十九世紀，則有陀拉克羅亞和凱爾波。在構想力之深和意志之固這一端，又在巴洛克藝術的復興這一端，陀拉克羅亞和凱爾波，實在是好一對的巨匠。

約翰巴普諦司德凱爾波（Jean Baptist Carpeaux）是柳特的學生。「特貝的漁夫之子」，較之柳特所作的「弄龜的那波里漁夫之子」，那成績是有出藍之譽的。在太過于寫實底的淒慘的「烏俄里諾」羣像上，則可見密開朗改羅的模倣。當表現苦于飢餓的這不幸的父子的悶死的情形時，他曾求構想的模範于「勞恭羣像」，自然不待言。但當這些令人想起先進者的感化的明朗的製作之後，却續出了許多發露着他的才能的作品。飾着盧佛爾宮兩花神殿的花神的風姿，飾着喀爾涅所建的歌劇館正門的「舞蹈」，守着巴黎天文臺的泉的「世界的四部」，還有許多清朗的肖像——。

從這時候起的凱爾波的作品上，就顯出巴洛克特有的技巧來。凱爾波者，原是構想力非常之強，而繪畫底才能也很好的。（他的素描，就全如畫家的素描一樣。他所作的油畫，盧佛爾博物館也在

凱爾波：烏俄里諾

凱爾波：花神

保存着。）　盧本斯描寫豐麗的肉體美時，所驅使的強烈的筆觸，和培爾涅尼要將極其充實的生命，賦與冰冷的大理石時，所運用的巧妙的刀法，這二者，就養育了凱爾波的藝術。　使像面極端緊張，將陰影描得極強，極濃，極深，是他的彫刻上所特有的技巧。　只要一看「花神」的蹲着的豐滿的肉體，和圍繞着她的童子們的肥大的身軀，就總要想起盧本斯來。　所不同者，只在將盧本斯的野人底的粗，代以凱爾波的雅致的細。　在「世界的四部」，則負了地球儀站着的四個女子——這是用代表四大民族的狀態來表現的——的裸體的肌肉，結構都極佳。　「舞蹈」羣像是在手持小鼓的少年的周圍，裸體的女子們繞着攜手游戲的情景。　將青春的歡喜，描寫得如此美而豔，是從來所沒有的。　能如這從喀爾涅所建的歌劇館的巴洛克風的華美的正門石級的中途，俯視着熱鬧的廣場的羣像，示其和環境善相調和的成績者，實在不多見。和裴飾凱旋門的柳特的「維爾賽斯」，確是出類拔萃的好一對的作品罷。因爲這像的成績好，「舞蹈」便釀了紛紜的物議了。總愛多說廢話的道學者們，很責難這裸體女子們的放肆的態度。但女子們却顯着若無其事的無關心的笑容，依然舞蹈着。現在站在這像的前面的人，卽使要想像半世紀前，這羣像所受的不當的非難，也是不容易的。

在盧佛爾美術館冷靜的下面的一室裏，看見凱爾波的作品的一群的時候，凡有觀者，大約心中無不感到異樣的爽朗的罷。在這里，可以看見和大作的石膏模特兒以及草稿之類相雜的許多美麗的肖像。也有歌劇館的作者霞勒喀爾涅的胸像，和潑剌的夫人的石膏像等。恰如搜集着拉圖爾的堊筆畫的一室一樣，這里也洋溢着爽朗的熱鬧的風情。盧森堡的美術館中，有一幅描寫凱爾波的大幅的象徵畫。

凱爾波：舞蹈

凱爾波：D夫人的胸像

許多裸體的人物，裝着出于凱爾波所作的若干羣像的風姿，圍繞着在工作場中惝恍于構想的他，幻影一般舞蹈着。那幅畫本身的價值，是不足道的，但作爲藻飾這榮光爛然的凱爾波一生的紀念而觀，興味却不淺。柳特和凱爾波和羅丹——三個偉大的彫刻家，相繼而出的法蘭西美術界，是多幸的。

至于別的國度——尤其是北歐的諸國——裏，却沒有出怎樣出色的作家。然而只有一個人，惟獨比利時的縣尼是例外。用煤礦區域的筋肉勞動者們爲模特兒，製作了許多整彫和浮彫的他，是恰如使密萊做了彫刻家的作者。自然，在技巧方面，他的優于密萊，是無須說得的。說起傾向來，則在全然寫實底的縣尼的美術上，有一種幽靜的深，奧。而在這里，可以看出和密萊的顯然的共通點來。例如在那對于「滿額流汗以求麵包者」的同情之心，自然洋溢着的那沈著的青銅的浮彫上，也就令人覺得十九世紀中葉的社會思想，謹愼地反映着。

凱爾波和緜尼——這兩人，都確是寫實派全盛時代的子息。然而傾向又何其如此之不同呢？將女性，表以歡樂的丰姿，靑春的榮耀和肉體美的朗潤的凱爾波，和晝以被虐于生活的苦役，汗于煤煙和汗水的姿態的緜尼——然而，同時這也就是兩種巨大的目標，爲寫實主義藝術之所常在追尋的。

繇尼：工人

八 理想主義與形式主義

a 羅丹的巴爾札克和克林該爾的貝多芬

奧古斯德羅丹（August Rodin）從寫實主義，取了他的悠久而多作的生涯的出發點。一八七七年所作的「黃銅時代」，是極其寫實底的作品，至于受了是否從模特兒直接取得型範的嫌疑。羅丹爲解脫這嫌疑起見，只好特地另外取了直接的活人的模型，要求觀者來和他的作品相比較。在繼「黃銅時代」而出的大作「約翰」（一八八一年）上，那深刻的寫實底表現也沒有變，但自從作了有名的「接吻」的時候起，却大見作風上的轉換了。漸次傾于繪畫底表現的他的手法，是使輪廓劃然融解，而求像面的光的效果，以代立體底的體積。

尤其顯著的是「春」等，從一塊石，「掘出」單是必要的範圍的整彫來，這表現法，也就從這時候開始的。但是，在自由自在地驅使了這樣繪畫底手法，而滿志地顯示着手段之高強的他，似乎還有別一種要求存在。這就是見于一八七五年以來所開手的「地獄之門」；一八九五年所作的「加萊的市民」，以及一八八六年以來的「威克多雩俄」之類的特殊的思想底表現。「地獄之門」是從但丁的神曲得到設想，類似吉培爾提的「天國之門」的作品；從他的若干大作品——「亞當和夏娃」，「接吻」，「保羅和法蘭希斯加」，「烏俄里諾」，「三個影」，「思想的人」等——和大鋪排的浮彫所合成的大規模的構想，計畫起來的。「加黎的市民」是一個一個離立着的五個人物的羣像，以象徵恐怖，絕望，決意，愛國心的出于演劇底的作品。「威克多雩俄」則顯示着這大詩人在海邊的石上，聽着靈感之聲的情

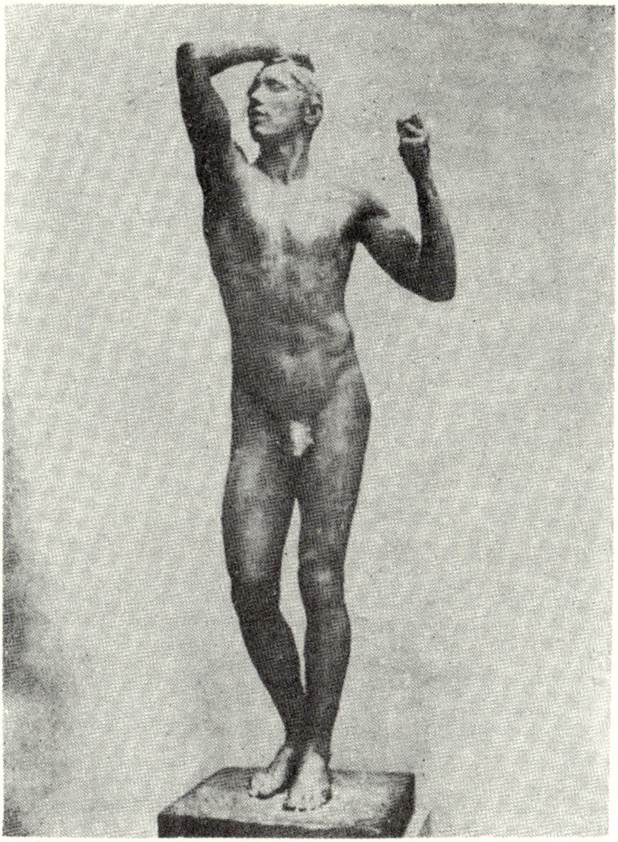

羅丹：黃銅時代

形。羅丹于單是寫實底或印象底表現以外，還想將一種思想底的另外的領域，收進他的藝術中去的事，只要看了上述的諸作品，也就可以推知了。他的作品中，也有將這觀念描寫，過于表出，至于使人生厭之作，在他的趣味裏，也可以看出以法蘭西的作家而論，是頗為少有的傾向來。

然而羅丹也究竟像個法蘭西人。他的觀念描寫，決不離開他的技巧。當施行極大胆的象徵底表現之際，一定更是隨伴着繪畫底的技巧的高强。有時還令人覺得有衒其技巧之高强，弄其奇想之大膽之感。但從中，也有將形成羅丹的藝術的這兩種的要素，非常精妙地組合着的作品。「巴爾札克」恐怕便是表示這最幸運的成就，他一生中最爲優秀的作品了。爲紀念那以中夜而興，從事創作爲常習的文豪巴爾札克的風采計，羅丹便作了穿着寢衣模樣的巴爾札克。

亂髮的頭，運思的眼——這里所表現的神奇地强烈深刻的大詩人的風采，和被着從肩到足的長寢衣的身軀一同，成爲渾然的一個巨大的幻像。　在那理想化了的增强了的深刻的性格描寫上，結構雖然大膽，却很感得紀念品底的效果。　然而，這樣大膽的嘗試，却收得如此成功的緣故，究竟在那里呢？——這不消說，是在繪畫底手法上的他的技巧的高强。　只要單取巴爾札克的臉面來一想，便明白他的技巧的優秀，是怎樣有益于這詩人的性格描寫了。　恰如用了著力的又粗又少的筆觸，描成大體的油畫的肖像一般的大膽，使巴爾札克的性格，强而深地顯現出來。　雖說已經增强了觀念描寫，但將生命給與作品者，也純粹地還是造形底的表現。　凡有知道他在傑作「行步的人」上所表示的優于純造形底的他的才能者，該也會承認羅丹到底是一個「彫刻家」的罷。　而且在同時，大約連對于哲學者似的那趣味的半

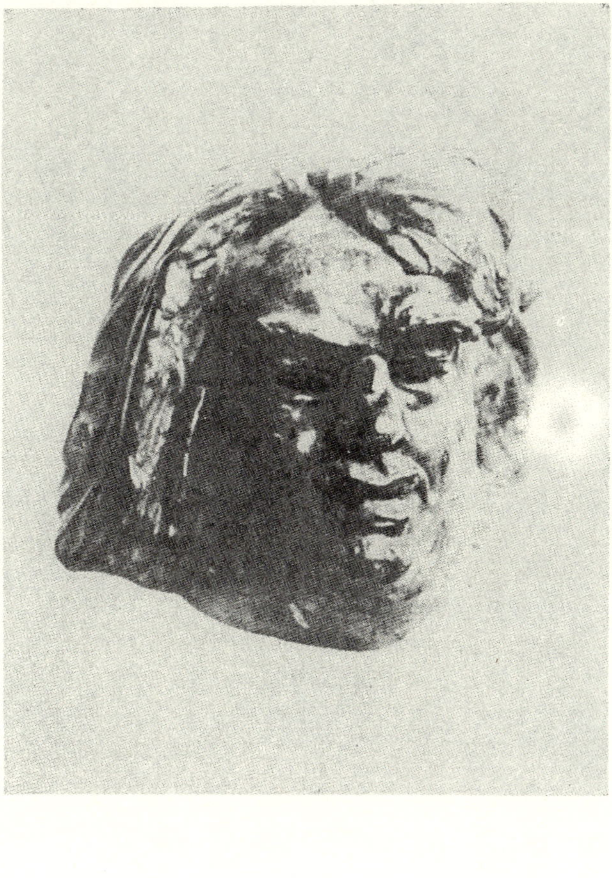

羅丹：巴爾札克

面，也不很措意了。

我還想從北歐的人們裏，再尋出一個——外觀上似乎相像的——彫刻家來，看一看兩人之間的相異。這時候，我大約毫不躊躕，選出克林該爾的罷。而且特地將他畢生的大作「貝多芬」，來比較羅丹的「巴爾札克」的罷。

馬克斯克林該爾（Max Klinger）是擅長于版畫，壁畫和彫刻的美術家。作為版畫家，從西班牙的戈雅受了暗示的他，是很喜歡將各種的幻象，排成一組空想底的版畫的。「手套的發見」似的，做成空想底的故事者；「愛與心」似的，應用神話者；「死」似的，帶着人生觀的氣味者；「勃賚謨思的幻樂」似的，描寫音樂所提醒的感覺者，其數非常之多。作為額畫家的他，則有「巴黎斯的判斷」，「在阿靈普斯的基督」，「基督的磔刑」等。而作爲壁畫家的他，則有利僾瑟大學的「詩歌和哲學」以及裝飾侃涅支議事堂的「勞動，幸福，美」的極其大規模的壁畫。

從題材即約略可以推察，克林該爾的繪畫的辦法——不問其什麼種類——是幾乎都帶着一種理想畫底，象徵底傾向的。但他又毫不避忌極端地寫實底的描寫。極端地觀念底的一面，和極端地寫實底的一面，奇怪地交錯着。然而這在他的藝術上，決非有益的現象。在他的畫上所覺到的德意志氣味的令人生厭的煩膩的印象，便從這里發生。裝飾着利僾瑟大學講堂的大壁畫，計有二十密達以上之廣，六密達以上之高，製作的意向，是在凌駕那飾着巴黎的梭爾蓬大學的沙樊的壁畫的，然而克林該爾的膩味，終不及沙樊的端正和清新。倘在他的象徵主義上，沒有那故意的露骨的寫實底表現，也許更能收得像個理想畫的沈靜的效果的罷。將沙樊的壁畫，作爲模樣化了的輪廓化了的裝飾畫，有着非常的效果的事實，和這比較起來一想，是可作畫家的好教訓的。

然則作爲彫刻家的克林該爾又怎樣呢？例如，無論那陰氣森森的「沙樂美」和「克珊特拉」，或是「力斯德像」，也還是帶着克林該爾一流的討厭和膩味。但在他的代表作「貝多芬」上，却不這樣了。凡有在利俾瑟美術館，看這大作的人——恐怕無論那一個，在最初的時候——大約總豫料着從這像也得到克林該爾式的膩味的。然而待到實在站在像前面一看，却喫驚于這像所給的印象，是豫料以外的佳良。其一，固然也因爲大受優待的這像的陳列法，是擺設得極佔便宜罷。但在這像上，克林該爾獨具的癖恰恰在幸福的狀態上展開着，却也不能否定的。

德國的一個批評家曾述關于「貝多芬」的印象，說，「和此像相對，卽受着宛如跨進了莊嚴的寺院的內部之感。」 我實在不知道另外的話，能比這更其適切地表明「貝多芬」的印象的了。 于音樂有特殊的趣味，工作場裏常放着鋼琴的克林該爾以十六年間，埋頭于這像的製作的，也仍然是大作。 因爲像的全體，不能一覽而盡，所以想以一個全彫的彫刻，有整然的印象，是做不到的，于是在此又可以窺見別種的，紀念碑氣味的大鋪排的效果。 樂聖的姿態，是僅在裸體的膝上搭一件衣。 交着兩足，手便停在膝頭，端坐在高大的玉座上，凝視着前面。 離足邊稍遠，前面蹲有一匹大鷲，瞻仰着天神一般的巨人。 壯麗的大玉座的靠手，發黃金光；在靠背上，則飾以幾個天使的臉和寫出許多人物的浮彫。 至于造成這巨像的各種的材料——玉座是青銅的精巧的鑄品，靠手上加以鍍金。 天使的臉面是象

克林該爾：貝多芬

牙，這一部分的質地是青綠色的貓眼石，臺座的石塊是有斑的淡紫色大理石，驚是帶青的黑色的畢來納大理石，夾着白脈的，貝多芬的衣是赭色的大理石。而彫作樂聖的肉體的帶黃的白色大理石，則是從希臘的息拉島運來的東西。自從希臘的大彫刻家斐提亞斯刻了處女神亞典納和諸神之王的宙斯的巨大的尊像的時候以來，卽沒有湊合多種材料，以製作大規模的彫刻的實例。前瞻這像，是卽使怎樣對于克林該爾的藝術懷着反感的人，也不能沒有多少感激的。在這里，委實有着戈諦克的寺院的內部一般的一種神嚴。這神嚴，或者並不從克林該爾的製作而來，倒是出于對貝多芬的人格的尊崇之念，自然也說不定。然而克林該爾的藝術裏，自有一種深邃之處，足以仿彿貝多芬的偉大的風采，却也不能不承認的。成爲克林該爾的藝術的特徵的那一種氣息和膩、味、，在這里，總算幸而對于表現深、味、，有了用處了。

羅丹的巴爾札克和克林該爾的貝多芬——法德兩國的傑出的美術家，各將足爲本國光榮的大藝術家的紀念像，各照着和本國的藝術意欲相稱的表現法，製作起來的情形，能夠在這里相比較，是確有很深的興味的。凡有知道飾着羅馬市意太利公集場的域德都阿謊馬努羅的巨大的紀念像和立在利俾瑟郊外的高大的聯軍紀念碑者，就會覺得區分兩者的這强固的國民性的之不同的罷。和這相等的國民性的不同，也就分爲陀拉克羅亞和珂內留斯，分爲羅丹和克林該爾了。

b　沙樊和瑪來斯

普維斯兌沙樊（Fuvis de Chavannes）是十九世紀中最偉大的裝飾畫

藹馬努羅紀念像（羅馬）

聯軍紀念碑（利碑瑟）

家之一人。生于里昂的富室的他，是稟着不愁生計的品性的。當年少時，旅行意太利，兼為病後的靜養以來，便定下要做畫家的決心了。他的一生中，似乎是意太利文藝復興的作家，尤其是沛魯吉諾的端正的畫風，總留着難消的追憶。歸了巴黎以後，所受的感化，早先的是從普珊、新的是從陀拉克羅亞和裏綏里阿。剛脫摸索之域的他的最初的製作，大約就是提出于一八六一年展覽會上的「戰爭」和「平和」。因為這兩幅作品，他得了名，並且以這作品來裝飾亞彌安的美術館的時候，沙樊便用自費寄贈了「工作」和「休息」（都是一八六三年展覽會的出品），以供裝飾。于是陳列于一八六五年展覽會的「畢加爾提亞」，也就作為裝飾亞彌安美術館之用了。

他的作為裝飾畫家的生涯，從此就開頭。一八六七年在馬爾賽的美術館，一八七二年在波提埃的市政廳，一八七七年在巴黎的集靈宮，一八八三年在里昂的美術館，一八八四年在巴黎的梭爾蓬，一八八九年至九三年在巴黎的市政廳，一八九〇年至九二年在盧安的美術館，一八九五年則遠在海的那邊的波士頓圖書館，一八九八年又在巴黎的集靈宮——度着壁畫家的不息的生活了。

這些之中，在重行製作的巴黎集靈宮裏，是畫着都會的守護者聖堅奴威物的傳說的。色彩淡白，描線分明，而略有強硬之感的這些畫，對于司弗羅的爽朗的建築，實在很調和。那夾着白色的色調的輕淡和稍加圖案化的樣式，是因爲要和建築能夠調和起見，本是首先所計及的。只要和裝飾同一堂內的別人的製作，令人覺得很不調和地膩味的樣子一比較，沙樊的計畫大概便自明白了。

裝飾梭爾蓬大學的講堂的橫長的大壁畫，稱爲「聖林」，是象徵學藝的。那顏色，較之集靈宮的壁畫，是暗而濃。而且那沈靜的

沙樊：梭爾蓬的壁畫

沙樊：夏

色調，和帶着雅潔之感的這講堂，委實十分調和着。此外，于觀察他的特質，更為相宜的作品，是飾着市政廳的「夏」和馬爾賽的「馬爾賽港」。前者以蓊鬱的樹林為背景，畫着碧色的草原和流過其前的河邊，而配以沐浴的女子。誠然是有清素之感的作品。但和這相對，「馬爾賽港」却是油漆的船和海水的藍色等，極其觸目，幾乎沒有像個壁畫的沈著。然而這兩種作品的得失，是明示着他的作風的長處和界限的。惟在通過了時代的面幕，透過了象徵的輕紗的表現上，纔能顯出沙樊的畫的長處來，但對于現實底的題材，却完全無力。可以說，出于他的手筆的運用現實底的題材的作品——如「貧窮的漁夫」——實在也必須移在無言的靜穆的世界裏，這纔能夠成立的。

全然以裝飾畫家出世，始終有着裝飾畫家的自覺，而不怠于這事的準備的他的技巧，是徹頭徹尾，裝飾畫底的。他的畫，是澄明而簡素，沒有動作，也沒有言語。旣無空氣，也無陰影，只有謹愼的色調。無論是風景，是人物，都經了單純化，圖案化，理想化，平面化。獨有描線的靜穆的動彈，而無體態和明暗。當製作之際，沙樊是先在劃有魁斗形的線的紙上，畫好小幅的素描，又將這放大而成壁畫。那素描，不只是簡單的構想圖，乃是作爲嚴密的寫生，使用模特兒的。待到眞畫壁畫的時候，却毫無什麼辛苦。只要機械底地，以並不費力的心情，將小幅的原圖，放爲大幅就好了。于是在小幅的原圖上，原是寫生底的一切東西，便都受了形式化，圖案化而被擴大。

倘將沙樊和那躱在象牙之塔裏，專畫着浮在自己構想上的夢幻世界的神奇的象徵畫家喬斯泰夫穆羅(Gustave Moreau)看作同類，那是錯

穆羅：沙樂美

誤的。穆羅的技巧之絢爛而複雜無限的藻飾，和沙樊的技巧之簡單，就已經不同。穆羅的構想的惡夢一般的沈重，和沙樊的世界的透明的靜穆，也分明兩樣。而且以將迷想底的觀念加以象徵化爲目的的穆羅的理想畫，和將象徵看作單是畫因的沙樊的裝飾畫，那目的卽全然正相反。但是——雖然傾向有這樣地不一樣——在到底是像個法蘭西人之處，也還是可以看出他們的確鑿的共通之點來的。

翰斯望瑪來斯(Hans von Marées)是貴族的出身。最初，他也隨着十九世紀中期的流行，畫着色彩本位的寫實底的畫。柏林的國民美術館所保存的「休息的騎士」和在緜興國立美術館裏的肖像畫「倫白赫和瑪來斯」等，便是這時代的代表作。但到一八六四年，去過羅馬以後，他的畫風就顯然變化起來。因爲和批評家康拉特斐特拉爾

（Kourad Fidler）及彫刻家亞陀勒夫希勒発勃蘭特（Adolf Hildebrand）的深交，而他的藝術上的信念成熟了。拋棄了僅僅計及瞬間底的現象的寫實的舊態的瑪來斯，便進向新的目標，要表現造形藝術上的永遠的理法。將斐特拉爾在他的批評論裏所說，希勒発勃蘭特在那端正的彫刻上所示，美學論「形式的問題」裏所叙的相似的藝術上的信念，瑪來斯則想從繪畫上表現出來。以作家而論，是太過于研究底的，但幸有無限的努力的他的生涯，即從此發展。他有一種習慣，是愛描三部作，將中幅和兩翼，祭壇畫似的統一起來。往往是使主要人物的輪廓，從背後的暗中，鮮明地浮出。這些人物，是都在較狹的額緣裏，韻律底地交換着影象的，而色彩的設施，也順應着這韻律。因此畫面全體，就給與一種莊重的，紀念物底的，而同時又極分明的印象，使人感到宛如和丁主建多的繪畫（十六世紀初頭盛行於意太利

瑪來斯：赫思沛理台斯

的繪畫）相對之際，品格超逸的一種的感銘。

這繪畫漸次成就的時代的歐洲，是正為寫實主義的思潮所支配。但這畫之于時代思潮，是全不見有什麼反映的。只有超越了瞬間底的一切現象的理想底形態的，造形底秩序。那肉體各部的描寫，倘使寫實底地來一想，也未必一定正確。（例如「海倫那三部作」中所畫海倫那的足部，較之身段，過于太長。）但在專致意于造形底的理法的表現的瑪來斯，恐怕這是全不關緊要的罷。題材的運用法也一樣。在同上的三部作的中幅「巴黎斯的判斷」裏，三女神也並不特別站在巴黎斯之前，就只是三個人，毫無什麼動作，不過是純形式上，造成着韻律底的結構罷了。

他的努力，從單純的寫實底描寫發端，而漸漸轉向純化了的造形底形式的表現去。從色調的問題出發，而歸結于一個計畫，即要將彫刻底的東西，空間底的東西，再現于平面裏了。于是凡所描寫的東西，就已經不是單是偶然的事實。是造形底的東西的永遠地得以妥當的理法了。這樣子，瑪來斯便既是畫家，而同時也是理法的研究者。是開隙自己的藝術論，不用言語敍述，而描在畫上以表示出來的藝術哲學家。

沙樊和瑪來斯——在這里，也可以發見代表法德兩國的造形底藝術意欲的一對作者。將小幅的寫生畫，省力地放大，而「謙虛」地尋求着裝飾底效果的沙樊，和將一生的努力，都耗在造形底理法的具體底表現的瑪來斯——在尋求紀念品底的，造形底效果這一點上，兩人都是形式主義的作家。獨在沙樊到處是實際底的，瑪來斯到處是理想主義底的之處，有着他們的根本底的不同。而這不同，同時也就是法德兩國民的藝術意欲的不同。更其有趣的，是恰恰和這平行的很相類似的現象，也發見于彫刻界，代表底的作家邁約爾和希勒兌勒蘭特——在這兩個彫刻家之間，也看出那最好的示例來。

○邁約爾和希勒兌勒蘭特

亞理士諦特邁約爾（Aristide Maillol）是和綏珊及盧諾亞爾一樣，生于南法蘭西的。而綏珊及盧諾亞爾之表現于繪畫者，在邁約爾，則以彫刻之形來表現了。肉體的體積的描寫便是這。他動心于紀元前六世紀時代的希臘彫刻，以及埃及彫刻的從石塊剜出一般的肉體的體積之感，特為強烈的樣式，就愛刻肢體成為一團的有着影象的整彫。因此他也就不喜歡那熱情洋溢的表現。而喜歡到處都是靜穩的幽寂的風姿。那肢體的相互的關係，也要嚴密地靜學底的。竭力避去力學底的張力。于是他和羅丹之所求于彫刻者，可以說，正是一個相反的要求。而邁約爾，同時也拒絕了從凱爾波傳給羅丹的印象派底＝繪畫底手法。見于綏珊和盧諾亞爾畫上的體積的表現，是必需立體底的面的效果和肉體的靜學底勻整的。像羅丹那樣，在像面上求光的效果，求活潑的筆觸的運動的手法，是有礙于把握立體底的面的。在邁約爾，則凡一切肉體，到處都是三次元底的曲折和起伏。

邁約爾只凝視着肉體的體積。只依着他的藝術底本能，只使那敏感的眼睛動作，凝視着肉體，以作彫刻。在這里毫無什麼先入之見，也無前提，致義和哲學。但是，有一個德國人，是取了和他恰恰相反的出發點，示着和他恰恰相反的態度，而同為形式上的古典主義者，同具着一致之點的。這便是亞陀勒夫希勒兌勃蘭特 Adolf-Hildebrand）。正如邁約爾是豐于藝術底本能的像個南法蘭西人的作

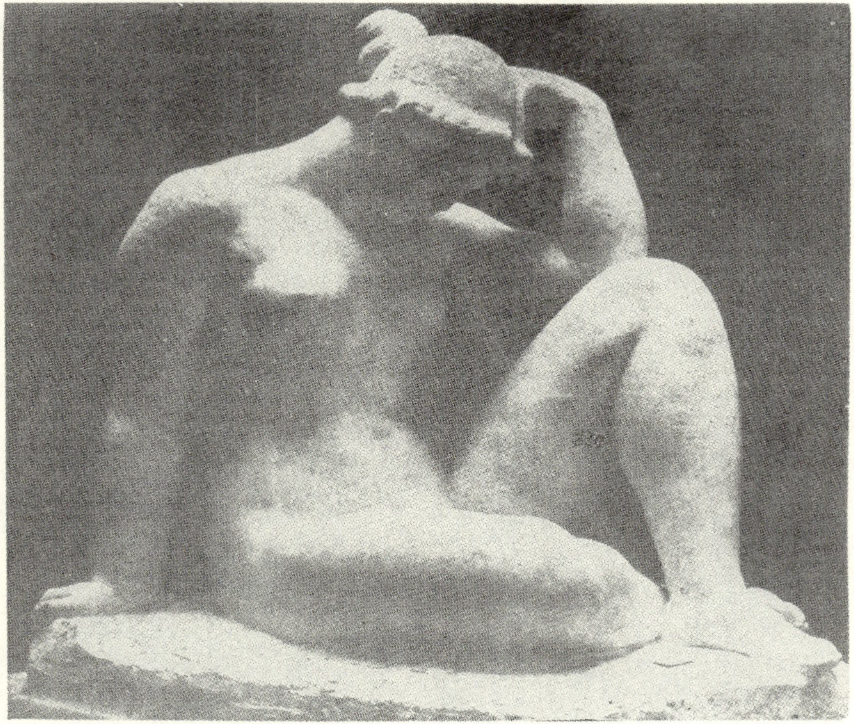

邁約爾：女

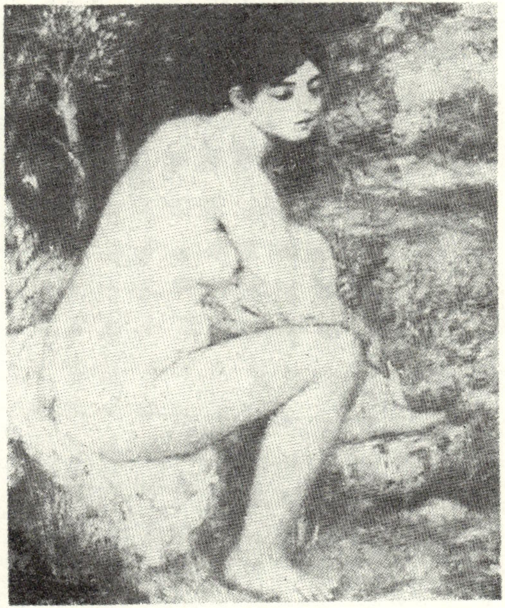
盧諾亞爾：女

邁約爾：女

家一樣，希勒兌勃蘭特是像個思索底的德意志人的作家。

所以使希勒兌勃蘭特的名不朽者，與其說是在他所製作的許多影刻底作品，倒不如歸功于他的手筆的一本小書。名爲「造形美術上的形式問題」（Das Problem der Form in der bildenden Kunst）的他的著作，是敍述一個美學說，曾給德國的藝術研究者以很大的影響的。作爲現代的美術史界的權威，從學界得到最高的尊敬和感謝的美術史家威勒夫林，曾爲這希勒兌勃蘭特的小書所刺戟，所暗示的事，在這里已經無須多贅。（五）（在威勒夫林的論說 Wie man Skulpturen aufnehmcn so!l 和那代表底著述 Die Klassishe Kunst 的序文上可見）。以一個藝術家，論述其自己之所信的著書，而對于專門家的美學者和美術史家——而且是威勒夫林那樣的大家——給以學說上的影響，這現象是極爲稀有，極爲特別的。

當使用石材，製作彫像的時候，也常是從石塊的表面，逐漸向內方彫刻進去的希勒兌勃蘭特，是對于一個像，求出一個視點來，規定了一個「正面」的。他以爲整彫的彫刻，決不當環行着牠的周圍，且行且看，應該站在一定的視點上來看牠。于是整彫彫刻的空間底的立體性，便被還元于正面和其橫長的遠近的關係上。就是，和在浮彫上相同的關係，也一樣見于整彫上……。他何以對于彫刻，要求這樣的形式的呢？作爲那基礎，那前提的，推測起來，大約是如下的意見。就是——凡把握那具有空間性的對象者，有視覺表象和運動表象這兩種。觀者將眼睛接近物體，從物體的這一部，向着別的部分，漸次動着眼睛，移行過去的時候，便生物體的運動表象。但如和這相反，觀者和物體隔着一定的距離，靜止了眼的運動，眺望起來，則生純視覺底的表象，其中並不夾雜運動感。這就是希勒兌

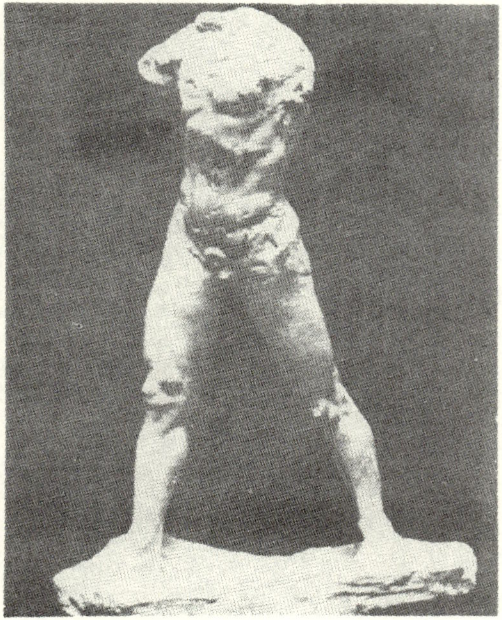

羅丹：行步的人

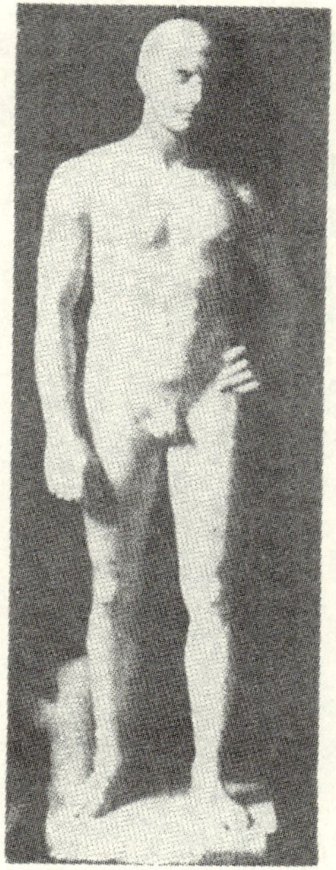

兌希特勒蘭勃：男子立像

勃蘭特之所謂「遠象」(Fernbild)。在這樣的遠象上，則原是空間底的東西的關係，即被還元于在平面上的遠近的關係上。物體的作爲全體的——造形底把握，當此之際，即被同時一體感得。總而言之，在浮彫彫刻上的把握的方法，就是這個；惟在這里，纔發見空間底的物體的造形藝術底地純化了的表現形式云。于是希勒癹勃蘭特便離對于整彫，也運用了在浮彫上那樣的辦法，以求他之所謂「遠象」的表現了。

邁約爾所刻的實感底的，攤出着肥厚的肌肉的女人的像，和希勒癹勃蘭特所刻的極其非現實底的，隔着薄絹一般地隱約的瘦瘠的男人的像——在這里，可以窺見兩人的藝術的極分明的形式的不同。但是，更深的他們的個性之不同，則從兩人的「態度」上，可以看出。從本能而來的把握和從理論而來的把握——邁約爾的感化，廣被于美術家之間，希勒兌勃蘭特的影響，則對于學者是深切的。

九 最近的主導傾向

試將進了十九世紀以來，從新興起的造形美術上的新傾向，要約起來，加以考察，在這里也窺見以法蘭西和德意志爲中心的兩種藝術意欲的相異。尤其顯然觸目的，是這一時代特有的傾向，即在歐洲諸民族的廣大的領域上，都來共同參與了。在向來的時代，是只有極少數的國民——特以法德兩國民爲中堅，而別的諸民族——例如英吉利意太利等——不過隨時底地，並且隨伴底地，加在這裏面的，但到最近的時代，則法德兩國之外，連西班牙意太利這些南方民族，瑞士荷蘭瑙威俄羅斯這些北方民族，也都一齊相當地帶了重要的使命，來參與這一件——永遠的——共同事業了。並且依照着這些國民所各各特有的民族底色彩，而發生了極其多色底的興味深長的現象。不消說，關于這新的藝術史上的現象，要從「歷史底見地」來講，是還嫌過早的。但若對于目前的主題，已經可以看出一個極其代表底的示例來，則也不忍將一切委之將來，默而不問。所以就只用極粗略的大端的看法，來一瞥全體的傾向罷。

最初，也就先來說一說現代美術史家所蹈襲着的舊有的辦法，而將這——姑且——作爲出發點罷。這里首先成爲問題的，是將這些極其多色而複雜的各樣的傾向，在大體上可以整理起來的主導目標，但歷來的民族本位的區分法，似乎也還可用。卽對于南方民族和北方民族，各統一了大體的性情，而加以考察便是。稱爲南方系統的民族，是以法蘭西爲中必，加上意太利西班牙去；成爲北方系統者，中心是德意志，其餘則荷蘭，瑞士，瑙威及俄羅斯之類的國民。（六）

至于歷史上的種屬概念，常是相對底的事，在這里是可以不言而喻的了。　法蘭西則法蘭西，德意志則德意志，各各懷着那一民族固有的不變的藝術意欲的事，恐怕是並無懷疑的餘地的「事實」罷。　然而于單純的事實的「整理」，例如將這些民族歸入南方系統去還是歸到北方系統去呢之類的整理，有着用處的概念，是大概不過從便宜上被想定的。　這大抵只是相對底的概念，而决不是「事實」。　所以當美術史上的主導傾向，由法意兩國代表着的中世紀的時候，便以這兩國爲目標，「便宜上」分爲南北兩系統。　但到考察十九世紀以後的時代，卽美術史潮的主導者已經換了法德兩民族了之際，也就「便宜上」不得不以這兩國民爲南北兩系統的代表者了。　曾經代表北方系統的法蘭西，這回便成了南方系的主導者。　要而言之，因爲不過是相對底的區別，所以很是粗略的辦法，但也覺不出怎樣不妥之處來。

將先前已經指點出來的法德兩國民的藝術意欲，和這大體的性情連結起來，而將南方系統，統一于純造形底的藝術意欲；和這相對，則將北方系統，歸到思想本位的藝術意欲去，這樣考察，大約「便宜上」也沒有什麼不當的。

關于系統的問題，其次所應該審察的事，是：從那里看出最近的傾向的發端來？　是時代區劃的問題。　換了話說，就是：最近的造形美術所共通的——在這時代的製作上是個性底的——色彩，在那一時代的製作上，這纔特別濃厚地——或是意識底地——顯現出來了？現代美術的主導傾向，將認怎樣的作家，作為「直接」的始祖呢？成為問題的是這些事；但從許多美術史家和批評家起，以至作家們所容認為現代畫的「始祖」者，如下文。　就是，從綏珊，戈庚和盧諾亞爾，生出南方系統的新傾向來，而認望訶霍，蒙克，訶特賚，為北

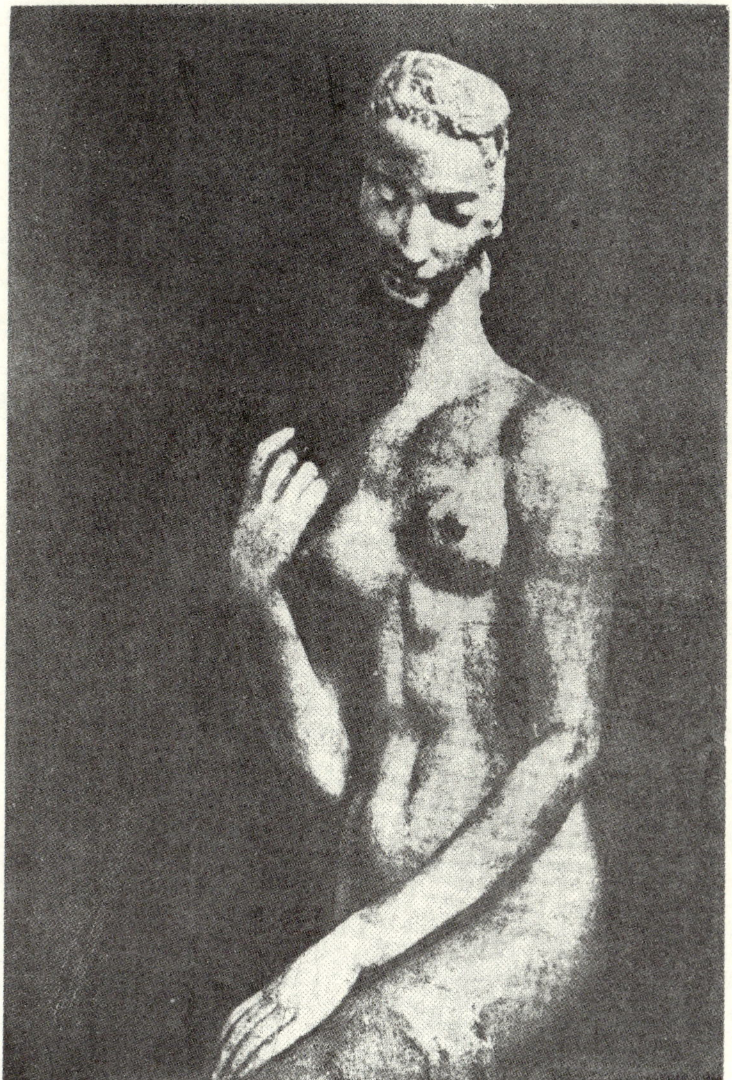

萊謨勃陸克：跪的女子

司特茨：樵採

瑪來斯：那波里的漁人

方系統的先驅者，這似乎是多數的人們所共通的大概一致之點。然而事實上的關係，是恐怕還要麻煩的。爲什麼呢？因爲南北這兩系統，既有成爲互相交叉的關係——即使那影響的模樣並不是本質底的——的時候（例如望訶霍的樣式，刺戟了法蘭西的作家們，戈庚則對于德意志的畫家們，鼓吹了南洋趣味），而也有如瑪來斯和訶特賚那樣，雖經從新承認其價值，崇爲先覺者而受着非常的敬仰，但于製作上，却並未給與什麼影響的作家。所以在被稱爲所謂先覺者的過去的作家們之中，也含有僅由輿論之聲所推選，而實際上却並無那種資格的人們的。

現在將依據了現代美術史家所沿襲下來的舊有的區分法，加了區分的兩種的系統，和從輿論之聲所選出的現代畫的先覺者們，先行想定如上，再將這比照着歷史上的「事實」，來進行觀察的步伐罷。

a　法蘭西

先從掌握着南方系統的霸權的法蘭西起首。　十九世紀的末頃，印象主義是終于到了要到的處所了。　而對于接踵而起的作家們——綏珊，戈庚，思拉等——的新的嘗試，則給以「新印象派」呀，或是「後期印象派」呀的這些名目，作爲「便宜上」臨機應變底的名稱。這新時代的作家們，要用「印象派」這一個名目來加以總括，自然是不可以的。　在他們那里，甚至于反而也窺見和印象派站在相反的立脚地上的意向。　然而，他們也是法蘭西人。　而且是正和法蘭西人相稱的形式主義者，實證主義者。　這三個人之中，只有若耳治思拉(Georges Seurat)一個，沒有成爲新時代的始祖，竟做了他所生活着的時代思想的犧牲了。　想將印象派的作家們一面凝視着自然，一面製作成功的事業，理論底地建築起來的他，是自己阻礙了自己的發展，親手將自己趕進沒有出路的絕地裏去了。但別的兩個——綏珊和戈庚——却作爲新時代的祖師，而從新被認識了那歷史底意義。

稱爲「一切畫家中最像畫家的畫家」的保羅綏珊（Paul Cezanne）是由瑪納而覺醒的作家。他一向就不往流行作家的工作場去，並未學得瑣屑的定規的技巧，但憑自己，畫着正直的畫。雖然畫一個蘋果，也要長久的時間的他，是凝視着物體，專心致志地下筆的。全然是粉刷牆壁一般的筆觸的使用法。畫成了的畫，則豈但嘲笑而已呢，無論何時，總是受着迫害，終于弄到也不能給人看，也不想有人買，只因爲自己的要求，畫着繪畫了。到後來，便只縮到誕生的故鄉藹克斯去，但在不知不覺之間，他竟成了歷史的支配者。被代表新時代的許多作家們，供在指導者的位置上了。

在綏珊的藝術上，主要的題目有二。就是畫面的構圖的「綜合底統一」和爲表現物體的體積起見的「面的結構」。爲要綜合底地統一畫面計，則于物體的形態上，來求視覺底的統一點；或將物體的配列，統一底地結構起來；或應用半是鳥瞰底的透視法。而關于物體的「面」的結構法，則其使用光和色彩，也極慘澹經營之致。在綏珊的繪畫上，色彩所有的機能，是極爲複雜的。在這里，正如他自己說過，「不是素描，也不是體態。只有色調的對照。……不當稱爲Modeler（體態），應該說是Moduler（色調的推移）。……云云」(七)一樣，綏珊的畫，是色彩都互有嚴密的關係，色彩的效果，同時也成爲空間底效果的。和要捕捉物體的外底的現象的印象派，恰相反對，他想將物體的造形底地內在底的約束，表現出來。其致力于統一畫面和結構物體的「面」，就都爲了對于這目的。由他而

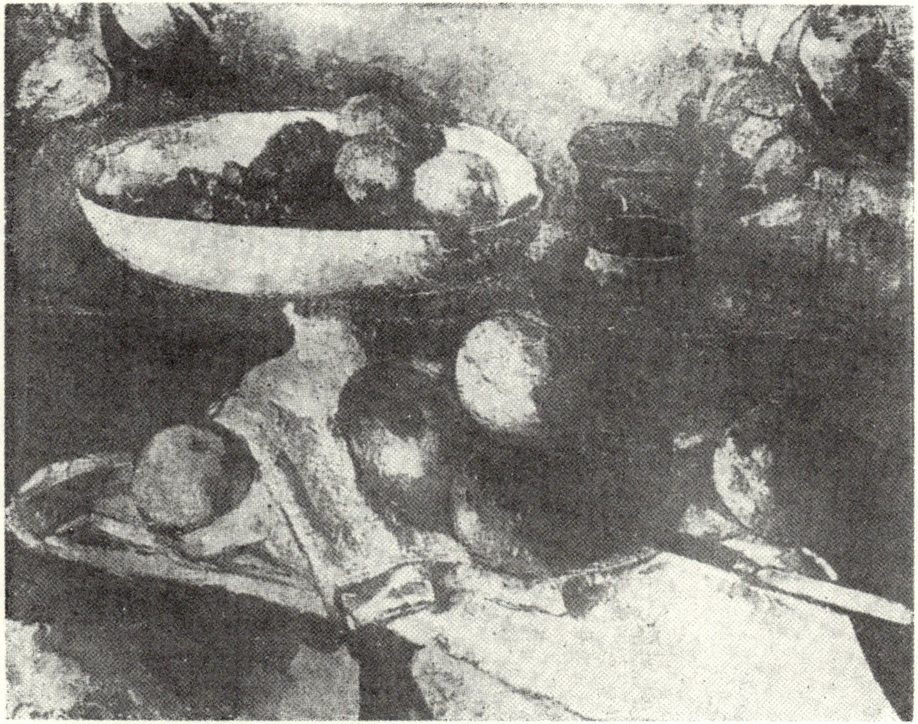

綏珊：靜物

綏珊：博徒

綏珊：風景

陀蘭：風景

陀蘭：聖晚餐

陀蘭：蹲着的人

畢克稜：拭足的女

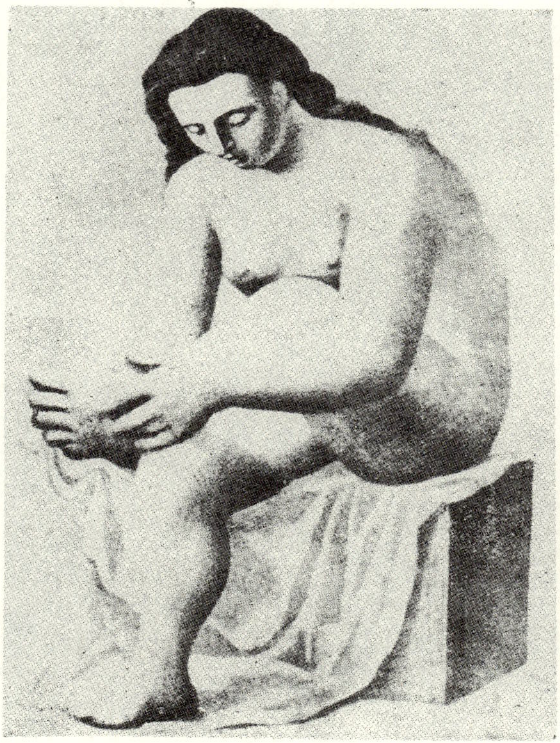

陀蘭：女的半身

表現的畫像，其實，這東西本身，便是整然的一個造形底的世界。

然而，仰綏珊爲始祖，將他的到達點，作爲新的出發點，而開始製作的綏珊的後繼者們，却難于說是一定得了那始祖的眞意。大約可以認爲綏珊正系的後繼者的安特來陀蘭（André Derain），是意識底地，歸向綏珊的凝視着物體而自然達到了的結論的。他想藉「面」的對比底的配置，而在平坦的畫面上，顯出立體底之感來。但在陀蘭，還沒有——從自由的製作上奪去生命，使這成了化石的——「敎義」。而在屬于所謂「立體派」的畫家們，則綏珊的藝術——明明是受着誤解——硬化爲一個「敎義」了。將綏珊的「在自然界，一切皆以球體，圓錐體，圓柱體爲本而形成」這有名的話，憑自己的意見加了解釋的立體派的人們，是希圖將這樣的單純的形態，結構起來，以表現物體的立體性。

屬于立體派的作家之中，最爲重要，而又居極其特殊的位置的，是巴勃羅畢克梭(Pablo Picasso)。生于西班牙的這才子，到了巴黎以後，開首是畫着風俗畫——從羅式列克風轉向西班牙風的異鄉情調去了——的，但從一九〇七年的時候起，便帶了立體派底的傾向，動手畫起輪廓硬而銳，而形態非常單純化了的繪畫來。凡物體，都被還元爲單純的幾何學底形態。其時還有在萊斯泰克畫着風景的叢畫的別一個立體派的大人物——若耳治勃拉克(Georges Braque)——和畢克梭是從不同的路前進的，但得了同傾向的到達點。于是從一九〇八年的時候起，兩人的協力底的運動便開端，立體派繪畫所喜歡的題材，即描着樂器的靜物畫，也製作起來了。在抽象底地，圖型化了的靜物畫的一部分裏，插入極其寫實底的形體去；或綏珊風地，視野截然分開了。于是以——上面已經說過的——綏珊的有名的話「物

陀蘭：靜物

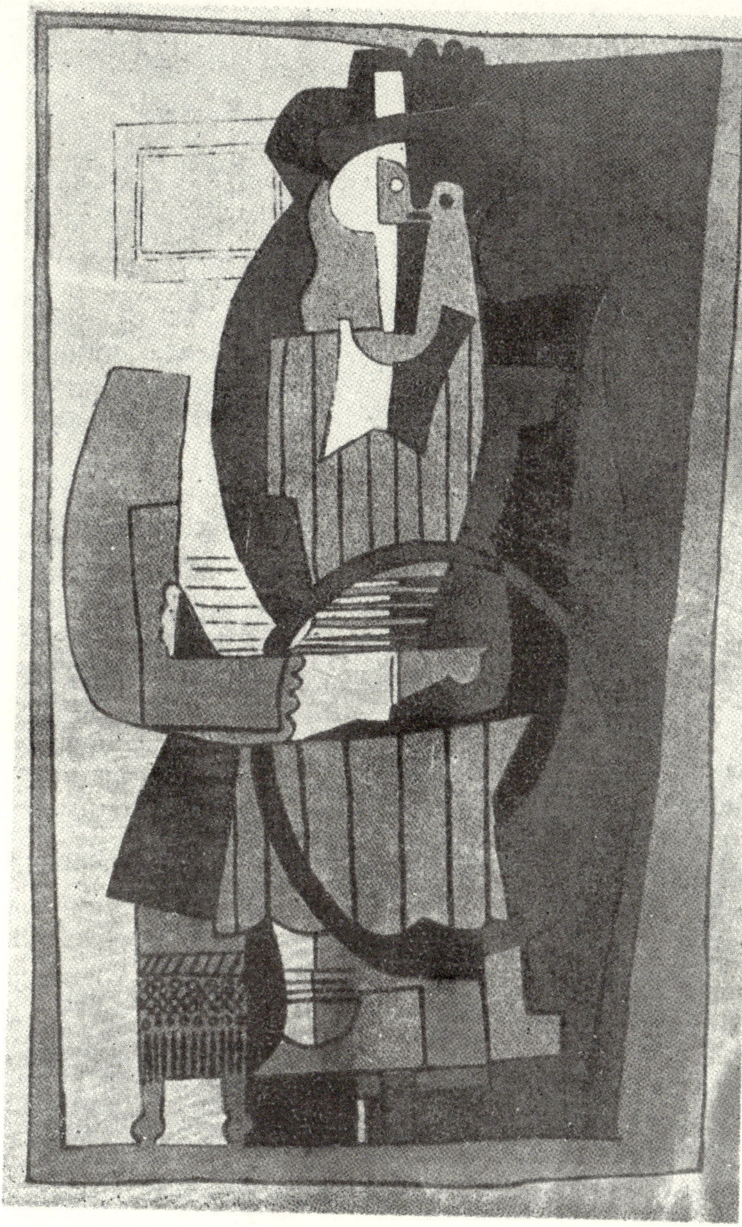

畢克梭：斑衣小丑

瑪替斯：女

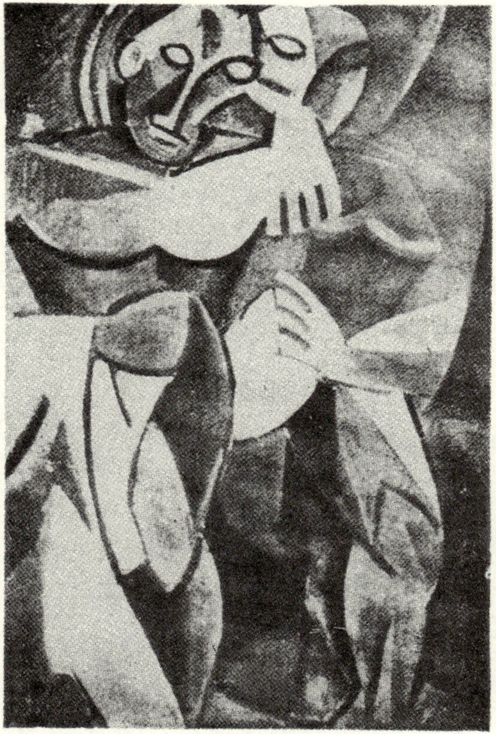

畢克梭：兩塲

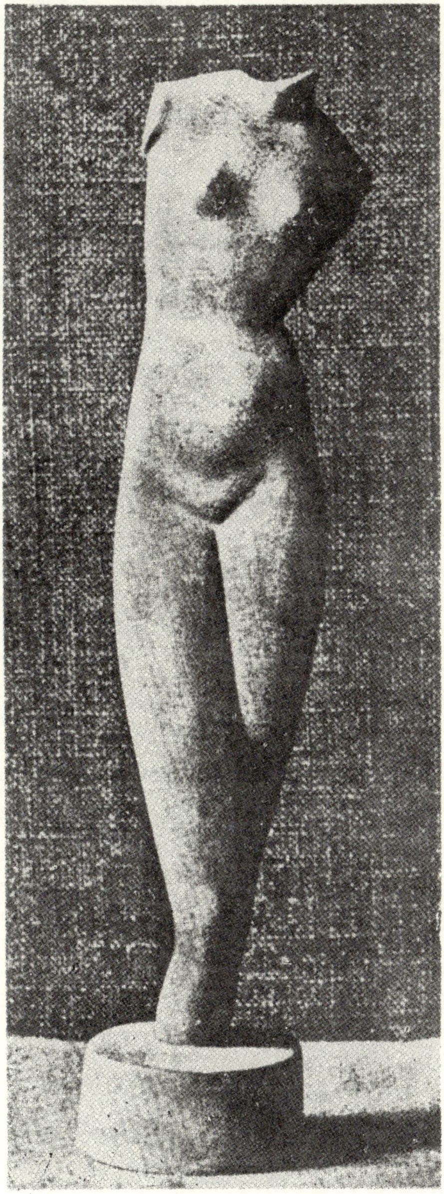

亞爾細本珂：女的身段

畢克梭：比愛羅

勃拉克：靜物

體者，球體，圓錐體，圓柱體……云云」爲本，而將幾何學底的單純的形體，當作一切物體的「視覺底範疇」了。這不消說，物的立體底表現，自然是他們所努力的主要的眼目。黑種人的彫刻品的質樸的立體底表現法——不單是提起了他們的興味——在他們的嘗試上，積極底地給了暗示的事，恐怕是也可以承認的。

還有，作爲屬于立體派的別的作家，則有和畢克梭及勃拉克傾向相同的斐爾南萊什（Fernand Leger）；有藉了使物體的形態歪斜，以增重其立體性的羅拔爾陀羅內（Robert Delaunay）；又有將人體也礦物的結晶似的，還元爲立方體的拉孚珂湼（A. Le Fauconnier）；有正像一個女性，畫着木偶的敘情詩的馬理羅蘭珊（Marie Laurencin）等。而且連德國人中，也有了生在紐約的里阿內勒法寧該爾（Lyonel Feininger）。好像將空間性這東西，加以抽象化一般的他的建築畫，是依然到處德意志氣，而受了和表現派作家傾向大不相同的，南方風的繪畫的分明的影響。

接着綏珊，將很大的影響，給與現今的畫界的作家，是保羅戈庚(Paul Gauguin)。和象徵主義的文學運動，曾有親密的關係的他，在別一方面，是法蘭西畫界相傳的讚美異鄉情調的代表者。陀康和陀拉克羅亞以來的南國趣味，在戈庚，便顯示着最濃厚的發露。從南國的自然景物的簡素的情形，和有色人種的皮色和服飾，造出一種雅淨的織紋一流的圖案來。在戈庚，求得畫面的裝飾底的效果，是他的製作的主要的目的。將顏色用得平坦而無光澤，使全體爲雅潔的色調所支配的他的畫，以壁畫爲理想，是不待言的。到晚年，數奇已極的泰易諦島的生活，以貧困和病苦的窘促，來換去了樂園的歡樂的時候，他曾計畫自殺，逃入山中，喫了許多砒霜，想將自己的死

萊什：朝餐

陀羅內•寺院的內部

羅蘭珊：女

法甯該爾：屋宇

屍，去餵野獸。此舉不成，蹌踉下山之後的他的作品，雖然恐怕是他一生中的大作，但那構想，却是純全的壁畫風。題着「我們從那里來？我們是什麼？我們往那里去？」的這畫，照例是常常和沙樊的壁畫相比較的。假使稱沙樊的畫爲「寓意底」，則戈庚的這作品，該也可以稱爲「象徵底」罷。然而，在造形上的構想和那壁畫風的效果上，是各顯着相似的樣式的。

承這戈庚之後，在現代的畫界上佔着重要的位置者，是安理瑪替斯（Henri Matisse）。他也如戈庚一樣，是受了南洋風物的刺戟，從壁畫上感到非常的興味的。恰如看見質地美豔而彩色鮮明的東洋磁器似的他的畫，乃在求得色彩的裝飾底效果。將物體還元爲色彩，而以工藝品一流的味道示人，是他的繪畫的主眼。使人覺得好像是由這才子的筆，翻弄着法蘭西傳來的技巧的高强一般。

正和「時辰蟲」這綽號相合，一步一步，一任着才子的善變的心之所向，變化着畫風的畢克梭，蓋是畫界的Don Juan。高手的陶工似的，揮着才筆，而弄色彩的妙技的瑪替斯和畢克梭，加以綏珊正系的陀蘭——這三個人，恐怕便是代表現代法蘭西畫界的作家罷。他們的努力，到處總不離造形的世界。要以純造形底的技巧之高强示人的他們的藝術意欲，到處總都是法蘭西風。

b 北方系統的先驅者和德意志

現代德意志的畫界，是即使志在肯定他們的藝術，措辭極為愛國底的批評家，也不能直接在同國人之中，尋得他們的好的指導者。雖是那遠則在中世紀的虔誠的彫刻裏，在格林納瓦勒特的陰鬱的祭壇畫裏，近則在渥多倫該的羅曼諦克的自然讚美裏，在翰斯望瑪來斯的超逸的理想畫裏，尋得「國粹底」的美術的美的發現，而欣然自樂的德意志民族，也不能在祖國的作家中，覓得表現主義繪畫的直接的始祖了。只好在比較底廣大的範圍裏，即北方底的，日耳曼民族底的之中，來尋求他們的指導者。這樣地挑選出來的作家，是荷蘭的望訶霍，瑙威的蒙克和瑞士的訶特賚。

文參德望訶霍(Vircent van Gogh)是經過做了敎士，在煤礦區域說敎的生活之後，這纔成爲畫家的。既經在安斯達登，讚美了繼續着弗蘭支哈爾斯和崙勃蘭德的血脈的祖先的大作，乃到法蘭西，和印象派的作家往來。然而他的性格裏，是有着和印象派的作家全不相容的「北方底」的東西的。所以退入埃爾以後的他，毫不受法蘭西畫界的影響，而只進向他自己的路。熱情底地亢奮了的自然的情形，是他的世界。這倒是他的心眼所見的超自然底的世界。一切的現象，在這里是起伏，交錯，燃燒。白日的光使萬物亢奮而輝煌，樹木喘息着，大地戰慄着。那又厚又濃，從顏料筒中擠了出來的顏料的強有力！再沒有能如望訶霍那樣，能捕自然的潑剌的生命的作家了。他的繪畫，是已經超過了造形底的東西的世界，而表現着隱藏在那深處的深的「力」。便是讚美同一的太陽，印象派的畫家們是不過將這作爲造形底的現象，加以靜觀。不過像自然科學家一樣，以客觀底平靜，熟視着日光的動作法。然而望訶霍却直接感到日光的溫暖了。他要畫出太陽的「偉力」這東西來。無論怎麼說，在這里總不能否定超越了造形底的東西的世界的——一種精神底的——境地的存在。曾經被批評家取以與印象派的作家們混爲一談的他，和表現主義的勃興一同，一躍而成北方民族的代表者，尊在不可動搖的開祖的位置上，正是自然之勢。然而，所可惜者，是他僅只被崇

望珂霍：風景

珂珂勰加：自畫像

仰爲偉大的開祖而已，却不能得到一個並不辱沒他的聲名的後繼者。單想在筆觸上，傳他衣鉢的奧大利的阿思凱珂珂勗加（Oskar Kokoschka）則只有表現的粗疏。無論那里，都沒有深沈的强的力。只看見徒然靠着聲音和姿勢，鬧嚷着的空虛。

有着狂信者一般虔敬的父親，和因肺病而夭亡的母親的愛德華特蒙克（Edvard Munch）原是陰鬱的性質，于生活的黑暗，是尤其容易感到的。最初，他畫着印象派一流的畫。到得巴黎，受了畢薩羅的影響時候的作品，則全是畢撒羅風。然而有時落在困窮的生活裏，至于不得不靠着街燈的光去刻木版，又因爲易于激動，一時還受了精神病院的招呼，因了這樣的事情，在藝術上，不久也就發見了他自己的境地，來表現人生的黑暗了。以幽暗的心緒，觀察濁世的情形，將隱伏在人間生活的深處的慘澹的實相，用短刀直入底的簡捷，剜了出來，是他的特殊的嗜好。　運用着粗而且平的迅速的筆觸的蒙克的技巧，是和簡素的——雖然如此——一種給人以演劇底的緊張味的構圖法相待，以造成他獨特的一種幽暗的心緒的。將「戀愛生活」和「死」作爲主題，而寫出人間底的衝動和恐怖。　統括底地，運用這種題材者，是使濁世的諸相，手卷一般展了開來的舞臺飛簷「生活」。這個主題，蒙克是嘗試過許多回的，但最見個性的，恐怕是要算受了馬克斯賚因哈勒特之託，飾着柏林的室內劇場的裝飾畫了。　他在這作品上的計畫，並不想描寫生活諸相的各個底的場面。　倒是要在一套的飛簷上，將感情生活的節奏統一起來。

蒙克的畫上所常用的得意的技巧，是將性格底的表情，給與向着正面的人物，簡明地暗示着情況，而一面理好構圖。　他的畫，東西雖極簡單，却很能收得演劇底的效果的原因，大約就在此。　在剜出

蒙克：病娃

濁世的「場面」的巧妙上，能够和他站在同一水平上的作家，恐怕先要推陀密埃和羅忒列克這兩人了罷。在陀密埃，一切都用淡淡的詼諧包裹着。羅忒列克的畫，是全像黑暗面模樣，不乾不淨的。這在蒙克，則但爲陰鬱的情緒所統一。羅忒列克和蒙克——在這里，恰有如法蘭西自然主義的小說和北歐的戲曲之不同。而惟蒙克藝術上所特有的這「精神底陰鬱」——對于現世的形而上學底的恐怖——的表現，乃是使他所以成爲表現主義之祖的緣故。

被許多批評家們推擧爲表現派的始祖之一的瑞士的訶特賚（Ferdinand Hodlor），是帶着一種象徵底的色彩的裝飾畫。蒙克也試畫過在克理斯楷尼亞的大學講堂上的壁畫那樣的大作的，然而他的特性，却似乎于這一方面並不近。至于訶特賚，則原是裝飾底的壁畫家。德意志的批評家們，要從訶特賚的畫的什麽處所尋出表現主義的萌芽來，是莫明其妙，但于「表現派的繪畫」這東西和訶特賁的藝術之間，要發見直接——或間接——的連絡，在我是以為困難的。

其次，來史實底地一想，表現主義的直接的運動，是從什麼時候開始的呢？ 要回答這問題，恐怕是未必容易的。 為什麼呢？ 第一，是將總括在「表現主義」這一個種屬概念之中的諸傾向，應該怎樣分類？ 其中的那一種，是眞是「表現主義」底東西？ 這樣的問題，僅在言論上，是無論發多少議論，也不中用的，除了委之「時」的選擇以外，沒有別的法。 倘不是表現主義的運動這件事，先有一個着落，則什麼是「表現主義底」，實在也無從明白。 既然不明白什麼是「表現主義底」，則要發見這新運動的直接的起源，也就不能夠。 況且這新運動初起的時候，和這一派已經相當地確立了社會底位置的現在，主張和傾向，都很有些變化了。 批評家們之中，雖然也有將這新運動分爲若干種傾向，各各給以特別的名稱的人，然而並無出于簡單的想頭以上的，所以這些言說，也不足憑信。但是，倘單將成爲重要目標的事件，列舉起來，則大致就如下。

要考察德意志畫界上作風的自然底變遷之際，可以注目的作家，大約是基力斯諦安羅勒孚斯（Christian Rohlfs）罷。他是從印象派的畫風，漸進底地，移入所謂「表現派底」的傾向的，說起來，也就是指示出過渡期的樣式的畫家。他在一九〇〇年以後所作的風景畫——大抵是都會的寫生——都顯示着筆觸非常動搖的，色彩强烈的，宛如彩畫玻璃的花紋一般，粗粗地作高低之感的畫風。大概是一九〇六年頃罷，他和表現派的代表畫家諾勒台往來很密了。于是在一直屬于後期之作的宗敎畫等，那樣式便全是諾勒台風，加以誇張的奇拔之感，非常强烈。在這里，和諾勒台接近以後的作風，且作爲問題以外的事，但在這以前的風景畫，那樣式的「自然底」地逐漸傾向表現派氣息的「形式的誇張」，是值得注目的。這就因爲從印象主義到表現主義的——無意識底的——德意志畫家的趣味的推移，在這里可以窺見；而將表現派畫家的作品中，往往發見德意志印象派的驍將里培爾曼的手法這一件事實，和這連起來一想，是頗爲有趣的事。一種革命底的這新運動，事實上一面却顯示着向來的樣式的連續底展開之迹，這于「歷史底」地考察表現派的運動的時候，是可以作爲良好的參考史料的罷。

其次，一査新運動的直接的機因和結果，則以一九〇六年成立于特來式甸的畫會 Brucke（橋梁）會員的出品爲主的「分離落選畫展覽會」，一九一〇年在柏林開會了。橋梁派是從一九〇二年頃起，以赫克勒，吉錫納爾，勗密特羅德路夫等爲中心，新傾向的作家漸漸聚

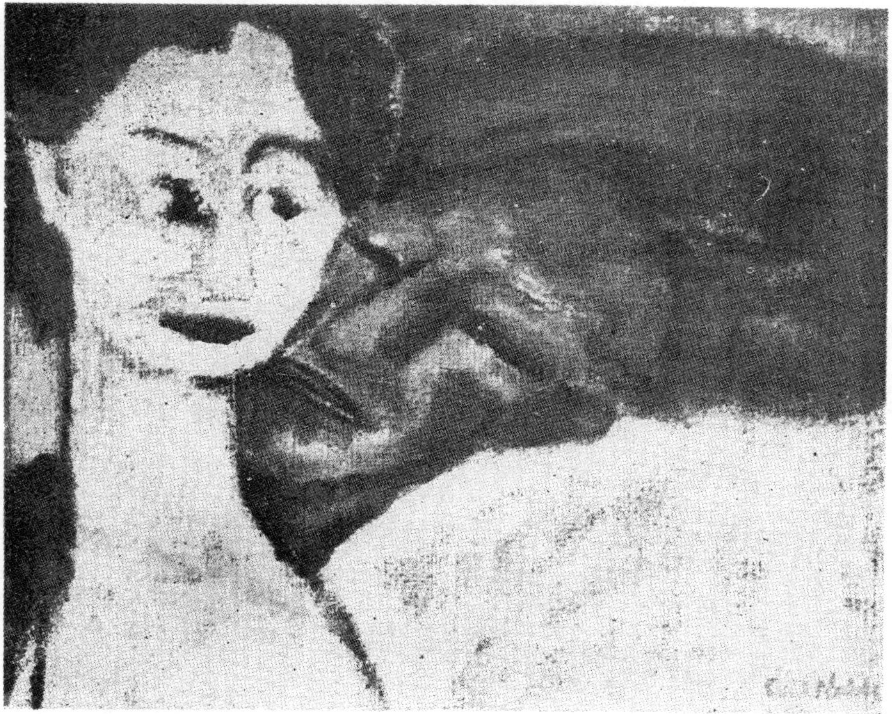

諾勒台：（未詳）

集，因而成立的畫界；一九〇五年諾勒台加入，翌年丕錫斯坦因加入了。是以製作爲本位，極其切實地進行的，但到一九一二年，終于解散了。這畫會，是成爲表現派運動的中心分子的。

當約略同一的時期，在繇興市，則有了「新藝術家協會」（Neue Kunstler = Vereininng Munchen）。這協會于一九〇九年由康定斯奇及別的人們所倡設，漸次而拉孚珂涅（一九一〇）馬爾克（一九一二）等都入了會，但不久就分裂，康定斯奇和馬爾克一派的人們，便另外形成了稱爲Der blaue Reiter（靑的騎士）的一團。這以南德意志爲中心的一羣美術家們的工作，所可注目的，是當協會舉行第二回展覽會的時候，加入了勃拉克，陀蘭，畢克梭這些南方系統的代表作者，以及由渥林該爾，康定斯奇等，發表了「在藝術上的精神底東西」（Das Geistige in der Kunst）和其他的宣言。

又，柏林的海瓦德跋爾典因爲想開催一個網羅新藝術的一切方面的綜合底的會合，則于一九一二年設立協會曰 Der Sturm（暴風雨），還開了展覽會。在這協會裏，是不但繪畫，也加上彫刻，工藝，舞臺藝術，詩文等；並且舉行了連續講演和講習之類的。

當歐洲大戰正烈的時候，表現派的藝術運動也步步增加了那社會底地位，到現在，則在德國各地的美術館裏，也看見陳列着這一派的作品了。柏林的國民美術館的新館和利倬瑟的美術館等不待言，便是特來式甸的繪畫館那樣，豐富地收藏着古來的大作的美術館中，也侵入着表現派的粗豪的作品。在因有拉斐羅和崙勃蘭德的作品，而空氣穆然沈靜着的館裏，看見了表現派的試作的，技巧極粗的表現露骨的繪畫，是很有不調和之感的。但也令人知道這派的新運動，已經——至少是一時之間——獲得藝術上的社會底地位，到了如此地步步的情形。

以這樣的狀態，漸次——意識底地——急速進行的這新運動中，作爲中堅者，無論怎麼說，總是橋梁派罷。對于這一畫派的製作，給以直接的刺戟，給以構想者，第一，是古來的北歐美術，第二，是未開化人的藝術，第三，是現代法蘭西的美術。作爲北歐美術的影響，最爲顯著的；是蒙克，曷珂霍等，在近代特爲個性底的北歐畫家的作品；以古代的藝術而言，則戈諦克的感化，是幾乎大家都覺察到的，至于部分底地，則望藹克，格林納瓦勒特等，似乎也給了若干的刺戟。其次是未開化人的藝術，但這樣的影響，法蘭西也一樣（倒不如說是較盛），在現代美術界，是共通的流行。在橋梁派，是一九〇四年吉錫納爾（Ernst Ludwig Kirchner）對于特來式甸的人類學博物館所藏南洋羣島土人和黑種人的彫品，發生興趣，將這給丕錫斯坦因看，給了許多的刺戟，成爲直接的動機的。 于是諾勒台（Emil Nolde）便從一九一三年起，直至歐戰時，由德屬南洋，往訪爪哇，緬甸；丕錫斯坦因（Max Pachstein）則于一九一四年赴德屬南洋，因爲大戰勃發，被日本軍使他退出巴拉烏島了。

但他們的赴南洋，由于戈庚的先例的刺戟，是明明白白的。 戈庚對于表現派畫家的作風，給了很大的影響——如將油畫的畫面弄成生地壁畫樣之類——而在生活上，對他們也鼓吹了南洋趣味。 所以倘將和法蘭西美術的交涉，置之度外，則表現派畫家的南洋趣味，也就無從着想的。 然而法蘭西的影響，還不止這一點。 勗密特羅德路夫（Karl Schmidt-Rottluff）由立體派的感化，想在立體底量的表現上，試行一種解決；摩兌生勃開爾（Paula Modersohn-Becker）則從戈庚受了作風上的刺戟。 至于已經說過的法寧該爾，是成着純然的立體派的

勗密特羅德路夫：自畫像

丕錫斯坦因：木彫

馬克爾：馬

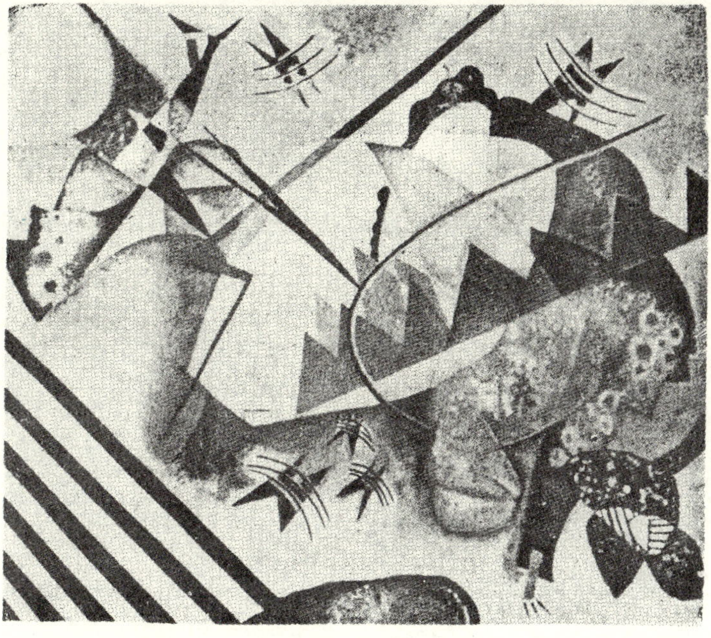

康定斯奇：白色的中心

作家，那更可以無須贅說了。在全體上，法蘭西美術的刺戟，頗是根本底地，決定着表現派畫家的作風的事——無論他們願意與否——大約是不可掩的分明的事實罷。

還有，「青騎士」一派的作家，還顯示着傾向上和「橋梁」的趣味，非常兩樣的表現法。想藉了純粹調音底繪畫，將純主觀底的感情，翻譯在色調上的華西里康定斯奇（Wassily Kandinsky），和喜歡作孩子似的繪畫的保羅克黎（Paul Klee），以及說是從動物自己的立脚點，來畫動物的弗蘭支馬爾克（Franz Marc）等，便是那代表者。倘承認他們的主張，那麼，在他們的嘗試上，也有相當的理由的罷，但恐怕他們的苦心，就僅是他們的苦心罷了。又如羅忒列克風的若耳治格羅支（George Grosz）和極端惡道的渥多迪克斯（Otto Dix）的漫畫（？），那是無話可說。他們之所謂「藝術」，除了顯示着因大戰而粗獷的國民之心的醜惡而外，是什麽也沒有的。倘作爲時代趣味的最極端地到達了所要到達之處的示例，那自然，可以成爲興味很深的「病理學上的參考資料」的罷。或者，又于——證明在理想主義的全盛期生了斐希德，自然主義的陶醉期出了赫克勒的德意志國民的極端的性格，也能夠作爲材料之用。但是，以曾經有過巴赫和貝多芬的德意志，而于這樣惡趣味的作家——這一句話，則或一程度爲止，也通用于所謂表現派的全體——加以容許，是決不成爲他們的名譽的。

○意太利和俄羅斯

一說起發生于意太利的藝術上的新運動來，便即想到未來派，但這本來却並非以純藝術爲主旨的運動。倒是志在打破傳說的一種極端的社會運動。這派的主導者，詩人馬理內諦（F. T. Marinetti）的宣言（一九一〇年）上所說，「我們要破壞博物館和圖書館……云云」的句子，就可以說，是很適宜地顯示着這運動的性質的罷。所以在未來派運動的藝術底表現上，對于極力打破了傳統的「新的」形式，加以嘗試的事——至少——是成爲最初的動機的。因此于音樂，于詩文，都試行着種種新的表現法，而在繪畫，則自然生出一種新的規範來。首先，未來派畫家之所尋求的東西，是運動的大膽的表現法。那盛行嘗試的，是將一件事故的種種情形，或物體運動的種種狀態，「同時底」地，作爲一個的造形底表象，表現出來。那結果，便連只是荒唐無稽的——帶些惡作劇模樣的——「嘗試」，也在其中出現了，然而有時也有收了相當的效果的興味頗深的作品。如什諾舍佛里尼（S. Severini）的「斑斑舞蹈」，大概便是代表作品罷。在色彩鮮明的嵌鑲畫飾一般的那表現法上，有着很是耀人眼睛的印象，喧嚷于活潑的運動中的羣衆的擾攘之感，巧妙地描寫着。但是，這不消說，作爲造形美術的表現法，這種嘗試能有怎樣程度的價值，是又作別論的。

然而到最近，隨着在法蘭西的立體派的隆盛，又有傾向全然不同的一種美術運動——Valori plastici 派——出現了。在一方面，這運動是出于未來派的連續底展開，而從別方面看起來，也可以當作又是對于未來派向來的樣式的廓淸運動。未來派的繪畫，有着使觀者之心急躁起來那樣的擾攘；和這相對，新傾向的繪畫，則冷結了似的，帶着靜默的冷。用立體底的，然而抽象底的造形底形態，結構而成的這派的繪畫，簡直是給人以物理學實驗上所用的器械一般之感的。例如若耳治契里珂（Giorgio Chirico）的表現着「形而上學」的幾幅畫，便是那最爲特殊的作品。在過去之世曾有那麼許多光榮的歷史的意太

舍佛里尼：斑斑舞蹈

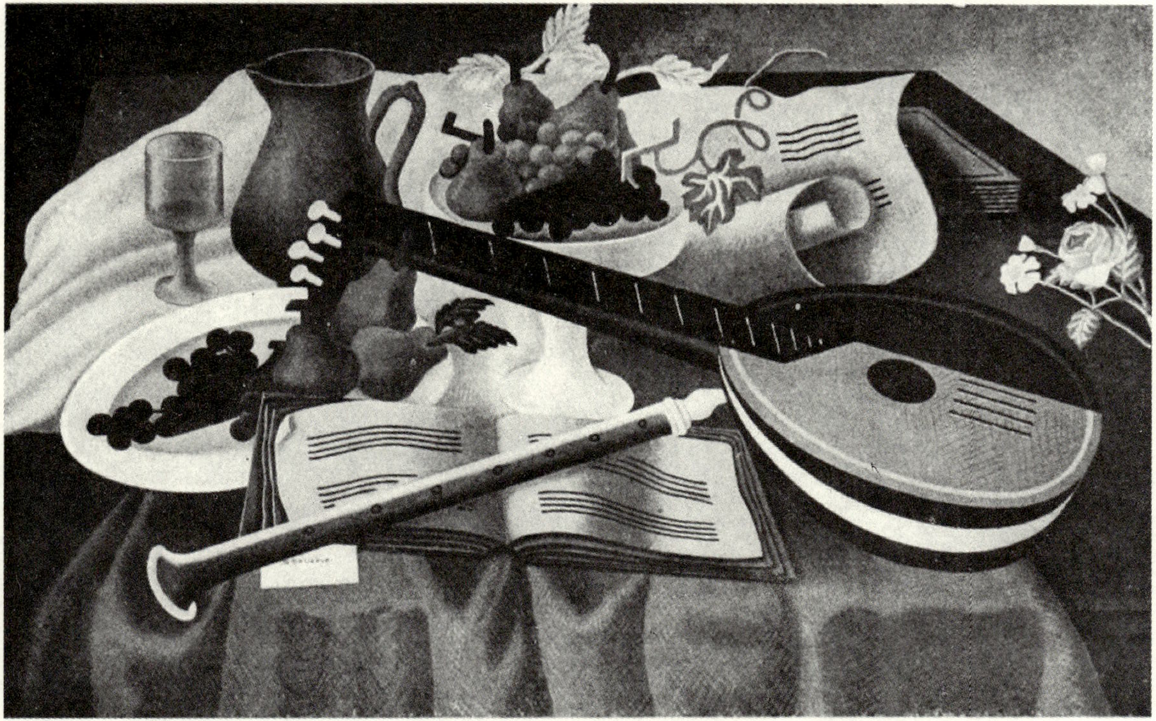

舍佛里尼：靜物

利，而南方系統的形態主義，却顯示着至于這樣極端的——病理底地凝結了的——狀況，是大有興味的事。那麽，顯示着正相反的性情的北方系統，又是怎樣情形呢？

北方風的極端的表現，在俄羅斯畫家哈蓋勒和綏該勒的繪畫上，很適宜的代表着。馬爾克哈蓋勒(Marc Chagall)是將俄羅斯風的農民藝術，代表在繪畫之上的作家。當寓居巴黎的時候，首先是很受了法蘭西畫界的空氣的影響的，但漸漸回向他祖國和他自己的境地裏去了。這是和勃拉克的立體派相隔頗遠，和康定斯奇一流的絕對派也兩樣的。是素朴之中，含有一種奇拔的詼諧的——俄羅斯農民藝術上所特有的——表現法。宛如俄羅斯的童話那樣，帶着土氣的一種神奇。

顯示着和這相反的——然而仍然是斯拉夫底——的，是住在特來式甸的拉薩爾綏蓋勒（Lasar Segall）。是將瑙威的蒙克，斯拉夫化了似的描寫陰鬱的畫的作家。那題材，大抵是諷刺濁世的生活的。在題爲「臨終的牀邊」，或「男和女」，或「永遠的流亡者」的他的畫上，可以窺見鬼氣而陰森的觀念的表現。哈蓋勒和綏蓋勒──併未來派以來的意太利的繪畫，就可見最近美術界上成爲傾向的兩極的現象了。況且這兩極的畫風，從地理上看來，也發生于南北最相隔離的民族，則尤是惹人興味的事。縱使這些試作在美術上的價值，作爲另外的問題，在這里還不能算是得到了近代美術史潮的結論麽？

哈薹勒：祈禱的猶太人

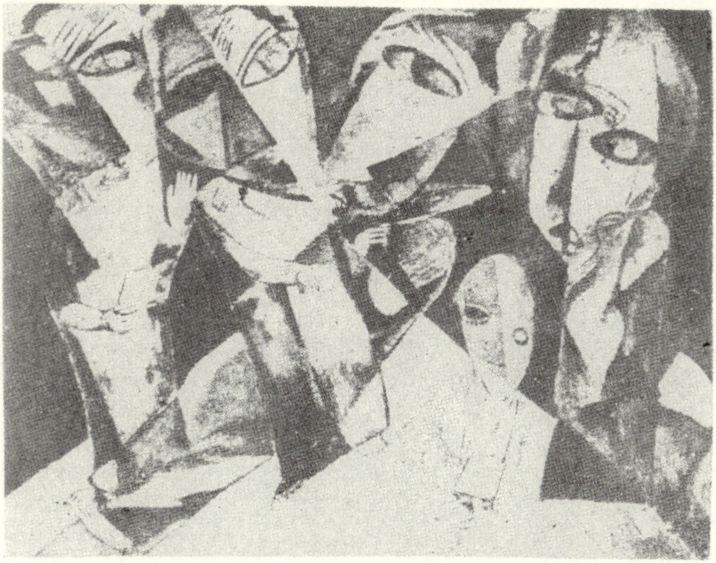

綏蓋勒：永遠的流亡者

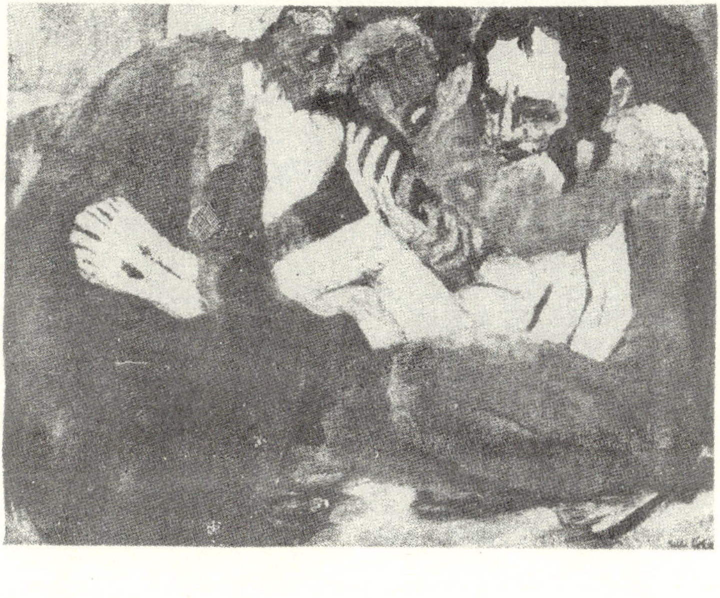

諾勒台：埋葬

註

一　Johann Joachim Winckelmann（一七一七—一七六八）。主要著述如下：——

Gedanken über die Nachahmung der griechischen Werken in der Malerei und Bildhauerkunst（1755）

Geschichte der Kunst des Altertums.（1764）

二　啓蒙文化無論在美術上，在文學上，英國都是中心。將在文學史上已經公認了的關係，類推到美術史上去，以爲這些處所，英吉利也將影響給了法蘭西，恐怕沒有什麼不當罷。因爲那時的英吉利，在歐洲的美術界，是占着極重要的位置的。

三　安格爾在一切法蘭西所出的美術家中，是最爲法蘭西底的美術家之一。　榮盛于十九世紀初頭的古典主義，怎地逐漸受了純化的呢？要考察這一個問題的時候，是特要注目的作家。　但我在本書，將關于他的考察頗加省略者，因爲他的地位，是純粹只關于法蘭西美術史的內部，而和他可以比較的作家，在別國的美術家中是全然難以覓得的緣故。　在這樣的試以「比較」爲主的本書裏，對于他可惜沒有詳細敍述的機會了。

四　安格爾自以爲自己的藝術是「純粹地寫實底的東西」的意見的情形——正因爲他的性格很固執——幾乎是孩子似的。　關于這事，Leon Rosenthal 在他的著作 La Peinture Romanntique 中，所舉的史料如下：——

一，安格爾的言語。

"Il est aussi impossible de se former l'idée d'une beauté á part, d'une beauté supérieure à cell3 qu'offre la nature……"

"Il nous est impossible d'élever nos idées au delà des beautés des ouvrages de la nature……"

"Croyez vous que je vous（對學生說）envo e au Louvre pour y trouver ce qu'on est convenu d'appeler le beau idéal, quelque chose d'autre que ce qui est dans la nature?……"

二，逸話。

或時，對于安格爾之作「阿迪普斯」照例稱讚的人和安格爾曾有如下的會話。

Je reconnais ton modéle.

Ah! n'est-ce pas, c'est bien lui.

Oui, mais tu l'as ferment embelli!

Comment embelli? Mais je l'ai copié, copié servilement.

Tant que tu voudras, mai il n'était pas si beau que cela.

Aus-i, comme il s'emportait!

Mais vois done, puisque tu te le rappelles, c'est son portrait……

Idealisé……

Enfin! penses-en ce que tu voudras; moi j'ai la prétention de copier mon modéle, d'en étre le trés humble serviteur et je n'idéalise pas.

五　希勒兌勃蘭特和威勒夫林的關係，可參照大正十五年「思想」四月號所載澤木四方吉氏的論文；希勒兌勃蘭特的「形式的問題」已被譯出，在「岩波美術叢書」內。（上述的澤木氏的論文，待完成之後，也豫定作爲同叢書而刊行。）

六　德國的美術史家——尤其是以「藝術意欲」爲根本概念者——常有一種習慣，就是使日耳曼民族和臘丁民族相對立，以作區分這種系統的目標。但因爲依照這樣目標而成的分類，是將特定的民族，「永久」地指定在一定的美術史底地位上，所以分類的目的，也就不僅是**相對底的便宜上的事**，而不能不認爲**絕對底的事實**了。但是，這就爲難。看上面所說的關于法蘭西民族的位置的事就明白，要毫無什麼「不自然」地來考察和**這**對立的——

傾向非常不同的——民族的相互的關係，便煩難起來。 但歷史上的分類，决非在「事實」之前，是無須贅說的。 所以爲不枉「事實」起見，還是以不用這樣的分類法，較爲安全。 我之不用這樣的習慣上的分類法，而偏是漠然地採取了南方系統北方系統這個目標者，就因爲竭力想將目標作爲相對底的自由的東西，而一味尊重歷史底事實的緣故。

七

"Il n'y a pas de ligne, il n'y pas de modele, il n'y a que des contrastes. Ces contrastes, ce ne sont qas le noir et le blanc qui les donnet; c'est la sensation colorée. Du rapport exact des tons résulte le modelé. Quand ils sont harmonieusement juxtaposes et qu'ils y sont tous, le tableau se modéle tout seul.—On na devrat pas dire modeler, on devraitdire moduler.—Le dessin et la couleur ne sont point distincts; au fur et à mesure que l'on peint ou dessine; plus la couleur s'harmonise, plus le dessin se precice. Quand la couleur est à sa richesse, la forme à sa plénitude. Les contrastes et les rapports des tons, voilá le secret du dessin et du modele."

近代美術史潮論

（不許翻印）

精裝實價大洋二元五角

上海北新書局發行